드림 키퍼

Dream Keeper

드림키퍼

조이 카울리 글 | 공병희 옮김

계수나무

좋은 작가로, 뛰어난 편집자로, 무엇보다 나의 소중한 친구로 함께해 준 패티 고흐에게 감사함을 전한다.

—조이

차 례

1장 • 009
2장 • 026
3장 • 048
4장 • 066
5장 • 090
6장 • 108
7장 • 123
8장 • 139
9장 • 163
10장 • 192
11장 • 223

1

풍속은 풍력계로 정확하게 측정할 수 있다. 그러나 자연 현상을 관찰하여 풍속을 알아보는 고전적인 방법도 있다. 보퍼트가 나눈 풍력 계급은 0단계 '고요…'(시속 2킬로미터)부터 12단계 '싹쓸바람'(시속 119킬로미터)까지 13단계로 구분한다. 보퍼트 풍력 10단계 '노대바람'은 시속 100킬로미터 강풍에 9미터 높이로 파도가 치며, 나무가 뿌리째 뽑히고 건물에 심각한 피해를 준다.

절벽 꼭대기의 그 집은 바다 쪽으로 돌출되어 있어서 날씨 변화에 민감했다. 앞쪽 담장 앞에 서면 땅은 간데없고 오로지 하늘뿐이고, 발아래로는 장난감 같은 배들이 떠 있는 푸른 욕조 같은 항구가 펼쳐진다. 제프는 그 집이 우주 정거장이거나, 유리와 콘크리트로 지어진 실험실 같다고 생각했다. 전에 살던 집에서 가져온 살림살이를 제외하면 어디 한구석도 집다운 데가 없었다.

이사 온 지 9개월하고도 4개월이나 더 지났는데, 제프는 여전히 부엌의 찬장을 열 때조차도 허락을 받아야만 할 것처럼 느껴지곤 했다. 뭐 그리 대수로운 일은 아니다. 손끝으로 건드리기만 해도 마법처럼 열리는 윤기 나는 검은 찬장에서는 어울리지 않게 오렌지 주스나 토마토 통조림 같은 평범한 것들이 튀어나왔다.

이 높이에서는 사방의 날씨를 미리 감지할 수 있었다. 바람에 잘게 흩어지는 상층 구름이나 허트 계곡에서 뭉실뭉실 몰려오는 통통한 뭉게구름, 동쪽 언덕 위로 연필선처럼 쏟아지는 장대비까지.

그런데 오늘은 뭔가 좀 달랐다. 바다와 땅을 검게 물들이며 남섬으로부터 달려드는 먹구름 떼가 검은 기름처럼 번들댔다. 그런 구름은 이제껏 본 적이 없었다. 항구는 아직 잠잠하고 햇빛이 드는 바다도 무심했지만, 해협을 따라 먹구름 부대가 흰 구름을 쓸어내며 무섭게 밀려들었다.

새 정원사 에디는 악천후에 대비해 바비큐 탁자와 의자를 창고로 옮겼다. 제프는 소리를 내지 않고 좌우로 발을 구르듯 걷는 에디의 걸음걸이를 좋아했다. 발바닥이 두툼한 코끼리처럼 말이다. 에디는 끈 없는 빨간 캔버스화를 신고 다녔다.

"아저씨, 폭풍이 와요?"

제프가 물었다.

"오늘 밤 높은 해일이 도로를 휩쓸 거야. 어디 가려고?"

에디는 나무 의자를 접으며 말했다.

"아뇨."

"잘 생각했어. 도로가 차단될 거야. 거기, 바비큐 그릴 덮개 좀 씌우고 꽉 묶어 줄래? 할 수 있지?"

"그럼요."

제프는 천을 덧댄 덮개를 잡아당겼다.

"뭐 좀 물어봐도 되나요? 아저씨 이름이 진짜 에디예요?"

"그럼, 진짜지. 왜?"

에디가 웃었다.

"우리 이름이 같아서요. 우리 둘 다 9예요."

"뭐?"

"제프와 에디는 더하면 각각 9가 돼요. 9는 완벽을 뜻하죠!"

의자를 껴안고 섰던 에디의 듬성한 콧수염 아랫입술이 조금 벌어졌다.

"뭐라는 거냐?"

"9는 내 숫자예요. 에디 아저씨 숫자이기도 하죠. 에디(Eddie)의 E는 알파벳 순서로 다섯 번째지요. D는 네 번째, I는 아홉 번째. 그 숫자를 모두 더하는 거예요. 에디 아저씨는 5, 4, 4, 9, 5. 더하면 27이죠. 그러고 나서 2와

7을 다시 더해요. 그럼 얼마죠? 9죠."

"네가 그렇다면 그런 거지, 뭐."

"에디 아저씨, 이걸 수비학[1]이라고 해요. 형이 알려줬어요. 숫자로 우리가 어떤 사람인지 알 수 있죠. 7은 영적인 숫자예요. 8은 뭐였는지 잊어버렸지만……. 강력한 숫자 9는 완벽을 뜻해요."

"잘 모르겠다. 난 숫자에 약해서 말이야."

에디는 귀를 긁적이더니 의자를 옮겼다.

"아주 간단해요. 내 이름 제프(Jeff)는 10, 5, 6, 6. 합은 27. 그러니까 2와 7을 더하면……."

"네 이름은 제프리(Jeffrey)가 아니니?"

제프는 고개를 저었다.

"난 제프가 9이고, 9가 나의 숫자라서 제프가 더 좋아요."

하지만 제프는 에디가 자신의 말을 듣지 않고 있다는 것을 알았다. 에디의 눈은 프로펠러의 움직임처럼 허공을 살피기에 바빴다. 에디는 옆으로 몇 걸음 더 걸어가 한 번 더 하늘을 살폈다.

"서둘러 의자를 창고로 옮겨야겠군. 곧 네 아버지가 오실 거야. 바비큐 덮개 잊지 말고."

1. 수비학 : 숫자와 사람, 장소, 사물, 문화 등의 사이에 숨겨진 의미와 연관성을 공부하는 학문.

제프는 땀에 젖은 셔츠에 반쯤 흘러내린 바지를 입은 에디가 느릿느릿 집 쪽으로 걸어가는 것을 보고 있었다. 공기가 심상치 않았다. 수영장 옆 마른 나뭇잎들이 바스락댔다. 구릿빛 대문 옆 유칼립투스도 부르르 몸을 떨었고, 물방울이 콘크리트 바닥에 별 모양을 찍었다. 툭, 툭 툭. 머리 위 파란 하늘은 구름보다 먼저 빗방울을 떨어뜨렸다. 자동 대문이 스르르 미끄러지듯 열리고 바퀴가 자갈 위를 조용히 구르는 소리가 나더니 자동차가 모습을 드러냈다. 제프의 아버지, 윈스턴(Winston) 로리머 씨가 돌아왔다. 윈스턴은 6이다.

현관 쪽으로 뛰어가던 제프는 그새 하늘이 얼마나 깜깜해졌는지 알게 됐다. 늦여름 오후인데 한밤중 같았다. 제프는 바람을 느꼈다. 에디는 창고 문을 붙잡고 버둥거리고 있었다. 굵은 빗줄기가 퍼붓는 소리를 들으며 제프는 대리석 바닥에 깔아 놓은 깔개 위로 팔을 쭉 뻗어 텀블링하며 미끄러지듯 자신의 침실로 갔다. 그리고 책가방을 열었다.

아빠는 제프가 정원사 에디와 이야기하는 것을 싫어했다.

"제프리?"

현관문이 열렸다.

"어디 있니?"

"숙제하고 있어요, 아빠."

아빠는 제프의 방으로 한 걸음 들어섰다.

"착한 녀석. 엄마는?"

"몰라요."

"안드레아 누나는?"

제프는 어깨를 으쓱했다.

"에디 아저씨 말씀으로는, 엄마가 안드레아 누나를 데리러 학교에 갔대요. 한참 됐어요."

제프는 아빠를 바라보았다.

"쇼핑 갔군. 틀림없어. 여자들이란, 참! 여자들은 시내 구두 가게를 모조리 다 알고 있지. 엄마가 전화도 받질 않아."

아빠의 얼굴에서 미소가 사라졌다.

"전화를 받지 않는다고!"

"누나는 학교에서 전화 못 받아요. 그게 규칙……"

"네 엄마! 네 엄마 전화를 말하는 거야! 80노트[2] 돌풍을 몰고 지옥 같은 폭풍이 온다는데, 이렇게 위험할 때 대체……."

아빠는 손등으로 이마의 식은땀을 닦았다. 스포츠형으로 이발한 회색 머리카락이 짤막했다.

2. 노트 : 1노트는 한 시간에 1,852미터를 달리는 속도.

"엄마가 에디 아저씨에게 전화해서 정원에 있는 가구를 치우라고 했어요."

제프가 펜을 내려놓았다.

"엄마가 뚱보에게 전화했다고? 다른 말은 없었니?"

"아저씨 이름은 에디예요!"

제프가 중얼거렸다. 아빠는 짧게 웃었다.

"에디든 뚱보든 팅커벨이든, 뭐든!"

그러고는 아빠는 머리를 내저었다.

"라디오에서 주의보를 들었다. 파도가 높으니 해안가에서 떨어져 있으라고. 리무타카 언덕에 가지 말고, 보트는 단단히 매어 두라고 하더라! 엄마는 뭐 좀 하라고 하면 말을 안 듣는다니까! 네 엄마가 걱정된다. 오늘 밤에 여객선도 전부 취소됐다고!"

"아빠, 걱정 마세요. 어두워지기 전에는 오실 거예요."

밖은 이미 어두웠다. 밤의 어둠이 아닌, 송곳날 같은 빗줄기를 창가에 퍼붓는 성난 낮의 어둠이었다. 제프는 책상 등을 켰다.

"엄마는 운전을 잘하시잖아요."

아빠는 다른 쪽 발도 성큼 방으로 들여놓으며 책상을 보았다.

"무슨 숙제니?"

"수학이요."

"네겐 중요한 숫자들이겠지."

아빠는 손가락으로 제프의 머리카락을 쓰다듬었다.

"뭐가 되려고 그러니? 제2의 스티븐 호킹? 로리머 부자의 공인회계사?"

"모르겠어요, 아빠."

"미래에 대해 생각 좀 해야지."

제프는 아빠가 얼른 나가 주기를 바랐다.

"네. 아직 안 해 봤는데요."

"너만 한 나이 때 난 내 꿈을 확실히 알았어. 잠수부! 내가 말한 적 있었니?"

물론 했다. 그것도 여러 번.

"자크 쿠스토가 만든 영화가 있었어. 네가 태어나기 전이지. 그전까지만 해도 사람들은 파도치는 바다만 알았지. 그러나 저 아래 아주 다른 세계가 있단다. 나는 저 바닷속에서 화산이나 새로운 생명체를 발견하고 싶었어. 그래서 스노클링 장비를 샀는데……."

아빠의 이야기는 창문을 두드리는 갑작스런 돌풍과 창틀이 덜컹거리는 소리에 중단됐다. 잠시 후, 아빠는 다시 말을 이었다.

"다행히 아버지가 다 정리해 주셨지."

제프는 고개를 갸웃거렸다. 아빠가 그걸 왜 다행이라고 생각하고 있는지 이상했다.

"엄마가 그러는데, 할아버지가 벨트로 아빠를 때리곤 하셨다던데요."

아빠는 소리 내어 웃으며 말했다.

"애들은 무엇이 자신에게 최선인지 몰라!"

아빠는 화제를 바꾸었다.

"왜 전화를 안 받는 거지?"

"별일 없을 거예요, 아빠."

"그래, 그래야지!"

아빠는 방을 서성였다.

"뚱보는 어디에 있지? 벌써 집에 갔나?"

"방금 갔을 거예요."

제프는 종이에 9를 크게 그리고 점을 찍어 메우고 있었다.

"에디 아저씨가 야외용 가구를 모두 창고에 넣었어요. 화분도요. 이런 날씨가 사흘쯤 간다고 하던걸요. 그런데 내일 비행기가 뜰까요? 존스 씨 말이에요."

제프가 아빠를 올려다보며 물었다.

"스탠턴 존스 씨 말이니? 걱정 마라. 국제선으로 오니까 큰 비행기야. 비가 오든 해가 쨍쨍하든 반드시 올 거다."

아빠는 다시 환하게 웃었다.

"좋은 소식이 있다, 제프리. 놀랄 만한 일이야. 모든 게 내 친구 스탠턴 존스 덕이지. 믿을 수 없을걸. 만약 피지에 네 섬이 있다면?"

"없어요."

제프가 눈살을 찌푸리며 말했다.

"순진한 녀석. 그건 과장되긴 했지만 선택에 관한 질문일 뿐이야. 상상해 봐. 피지, 토스카나의 빌라, 하와이의 콘도 같은 거! 워런 스탠턴 존스가 내게 제의한 것들이지. 분명한 건 가만 앉아서 네 몫을 추가하거나 널 위해 일하게 할 수 있다는 거야. 기억해라, 제프리. 세상은 네 거다!"

그 말은 제프의 기억 속에 단단한 껍질로 쌓여 있었다. 제프가 여덟 살 때, 태양같이 환한 미소를 가진 베켓 형이 한 말이었다.

"세상은 네 거다, 꼬마야."

위를 예리하게 도려내는 듯한 통증이 살아났다. 울컥했다. 제프는 베켓 형이 보고 싶었다. 눈물을 삼키려 했지만, 결국 눈물방울이 떨어졌다.

"내가 이 집을 어떻게 건졌게? 콩이나 세면서? 1 더하기 1은 2라고? 정말 그럴까?"

아빠는 말을 멈췄다.

"왜 그러니?"

비가 세차게 창을 두드렸다. 제프가 고개를 저었다.

"무슨 일이야? 말해 봐!"

"별일 아니에요, 아빠. 형 생각이 났어요."

잠시 빗소리만 들렸다.

"형은 죽었다."

제프는 형이 로리머 가에 안겨 준 불명예를 떠올리며 아빠가 화를 낼 거라고 생각했다. 마침 재즈 피아노 벨소리가 울렸다. 아빠는 주머니에서 휴대폰을 꺼내 보더니 안도하며 말했다.

"도대체 어디야?"

엄마는 누나 안드레아와 집으로 오는 중이었다.

제프는 세상에 믿을 것이라고는 숫자밖에 없다고 생각했다. 그것은 우주에서 유일하게 변치 않는 것이다. 어떤 수와 짝수를 곱하면 답은 항상 짝수다. 백만 년 전에도, 이백만 년 후에도, 미래에도 같을 것이다. 어떤 수를 0으로 나눠도 0, 곱해도 항상 0이다. 덧셈과 뺄셈에서도 0은 놀랍다. 어떤 숫자에 0을 붙이면 놀랍게도 10배 늘어나고, 0을 빼면 10분의 1로 작아진다.

이러한 0의 힘을 알았을 때 제프는 여섯 살이었고, 여전히 그것이 마술 같기만 했다. 하지만 폴은 아니다. 폴 피츠기봉은 학교에서 제프 뒷자리에 앉는데, 계산서를 위아래로 훑어보고 계산기보다 더 빠르게 암산하는 수학의 연금술사다. 그러니 제프는 폴에게 수의 마술 따위는 말하지 않았다. 폴은 숫자는 숫자일 뿐이라며 종이에 적힌 숫자를 우주 질서의 신비로 보지 않기 때문이다.

그날 카터 천문대에서 베켓 형이 어떻게 수비학을 설명할 수 있었는지 놀라울 뿐이다. 그날은 제프의 아홉 살 생일이었고, 두 형제는 바닥에 누워 천장에 떠 있는 별을 보고 있었다. 베켓이 웃으며 설명했다. 웃고 있었나? 아닐지도 모른다. 제프는 형이 항상 웃고 있었던 것으로 기억할 뿐이다.

베켓은 9가 얼마나 특별한지, 완벽한 숫자 9가 여러 종교에서 어떻게 드러나는지에 대해 설명했다. 그리고 9에 어떤 수를 곱해도 항상 9가 된다고 했다. 그들은 오리온자리 아래 누워 확인해 보았다. 2 곱하기 9는 18. 여기서 두 자리 1과 8을 더하면 9다. 37 곱하기 9는 333. 이 세 자릿수를 모두 더하면 9. 얼마나 놀랍던지 제프는 심장 뛰는 소리가 다 들릴 지경이었다. 손가락도 흥분을 감추지 못하고 춤을 추었다.

"숫자를 사랑하면, 마침내는 신에게 이르게 되는 거야."

베켓이 말했다. 이미 두 번의 9를 훨씬 지난 나이의 베켓을 통해 완벽한 숫자 9를 알게 된 이야기다.

비극적 사건이 일어난 뒤, 제프는 그 일에 대해 엄마에게 말했다. 엄마는 흘깃 제프를 돌아보더니, 조금 먼 곳을 바라보며 "베켓은 그것보다 약물을 더 사랑한 것 같구나."라며 무심히 대꾸했다.

엄마 헬렌(Helen)은 8이고, 누나 안드레아(Andrea)는 7이다. 제프의 가족은 6, 7, 8, 9다. 베켓은 이런 수열에 속하지 않는다. 벡(Beck)이나 베켓(Beckett)이나 3이다. 3은 소수[3]이고, 항상 9에 속한다. 제프는 노트에 99999999...라고 쓰고, 9의 동그라미 안에 3을 써넣었다.

제프의 방 쪽으로 남풍이 불었다. 견고한 건물은 끄떡없었지만 폭풍은 창문을 거세게 두드렸다. 창문 너머 나무를 흔들며 윙윙거리는 바람 소리, 어떤 집 쓰레기통이 굴러와 부딪치는 소리, 손수레가 삐걱거리는 소리 등 야단스러운 소리가 들렸다. 집 안의 모든 방은 평화로운 불

3. 소수 : 1과 자신의 수로만 나뉘는 자연수.

빛 아래 있었다.

쓰나미로 혼란한 중에도 튼튼한 등대 안은 조용하고 평화로운 것처럼.

북쪽 건물에는 제프의 부모인 헬렌과 윈스턴이 사는 왕국이 있다. 침실과 체육실, 회전의자와 인터넷이 설치된 사무실, 극장이라고 부르는 TV룸이 있다. 과장이 아니다. 거대한 스크린에 입체 음향 스피커와 가죽 시트가 있는, 그야말로 극장이나 다를 바 없었다. 제프는 별생각 없이 학교 친구들에게 이사한 집에 극장이 있다고 말했다. 몇 명은 믿는 것 같았으나 대부분은 비웃었다. 하지만 늘 굳게 닫힌 대문은 친구들이 쉽게 놀러 올 수 없다는 뜻이었고, 친구들은 제프의 말이 사실인지 확인할 길이 없었다.

아빠는 DVD를 여러 개 준비한 뒤, 반 친구 모두를 초대해 영화 보는 밤을 열어 주겠다고 말했지만, 약속은 지켜지지 않았다. 제프는 이제 그걸 생각하는 것만으로도 지쳤다.

안드레아 누나 방은 제프 방 맞은편에 있었다. 누나는 엄마와 부엌에 있었는데, 그들의 목소리가 폭풍우 소리를 뚫고 오케스트라가 조율하는 소리처럼 들려왔다. 그리고 아빠가 배꼽 빠지게 웃는 소리가 들렸다. 아빠는 위스키를 마시는 중이었다. 가족은 모두 안전했고, 내일이면 기다리던 오스트레일리아 친구 워런 스탠턴 존스가 올 것이었다. 아빠와 그는 함께 사업을 할 예정이었다. 제프는 어떤 투자인지 알지 못했다.

아빠는 금광이니 일생일대의 기회니 하며 들떠서 말했지만 자세한 설명은 하지 않았다. 아빠는 시드니에 두 번 다녀왔고, 지난달에는 스탠턴 존스를 집으로 초대해 저녁을 먹었다. 음식은 베리테 레스토랑 주방장이 했다.

제프는 그날 밤에 관해 두 가지만은 분명히 기억했다. 칼이 무디다며 불평하던 주방장과 스탠턴 존스 씨가 똑똑한 사내아이 제프를 손자 삼고 싶다고 했던 말이었다. 제프는 그 방문객이 저녁 식사 후 토론 자리에 자신도 합석시킬 거라고 기대했지만 예상은 빗나갔다. 제프와 누나는 설거지를 해야 했다.

거실의 벽걸이 텔레비전에서는 폭풍에 관한 뉴스가 한창이었다. 흠뻑 젖은 리포터와 비에 젖은 불빛이 보였다. 바람에 뒤집힌 밴 자동차 때문에 통행이 차단되고, 거리에는 지붕에서 떨어져 나온 철판이 나뒹굴었다. 제프는 리포터가 하는 말을 들을 수 없었지만, 화면은 외부에서 벌어지고 있는 소음들과 관련 있는 것들이었다. 특히 선착장 요트의 깃대들이 지휘자의 지휘봉처럼 휘청거리는 모습이 바깥 상황을 확실히 보여 주고 있었다.

"난리 났군! 모두 튼튼한 집에 사는 걸 감사해야지."

아빠가 잔을 들며 말했다.

오늘 저녁도 피자였다. 다행히 제프와 안드레아 누나는 피자를 좋아했다. 아직도 교복 차림인 누나는 샐러드를 준비했다. 누나는 열일곱 살이었지만 나이에 비해 성숙해서, 엄마의 딸이라기보다 여동생 같았다. 실제로도 그랬다. 엄마와 누나는 서로 웃으며 생각을 나눴는데, 그럴 때마다 제프는 외로웠다. 아빠와는 그렇게 할 수 없었기 때문이다.

"안녕, 동생!"

누나가 식탁에 접시를 놓았다.

"학교는 어때?"

"몰라. 묻지 마."

"왜?"

안드레아 누나가 제프의 코를 톡 건드렸다.

"대화다운 대화를 나눌 마지막 기회였을 텐데. 잘 있어라, 학교여! 그동안 즐거웠노라! 내일은 오즈로 날아갈 수도 있단다!"

"오즈?"

아빠가 마지막 단어만 듣고 물었다.

"태즈먼 바다 건너 오즈 말고요, 아빠. 오즈의 마법사 말이에요, 빨간 구두를 신은 도로시가 나오는."

아빠는 엄마를 돌아보며 물었다.

"걔가 어쨌는데?"

엄마는 피자를 입에 반쯤 물고 텔레비전 화면을 보고 있었다. 사이렌 소리가 폭풍에 묻혀 들리지 않았다. 텔레비전에서 나는 소리인지 밖에서 나는 소리인지 알 수 없었다. 비에 젖은 바람이 으르렁거리며 싸우는 소리가 희미하게 들렸다. 제프는 안드레아 누나가 뒤에 와 기대는 것을 느꼈다. 누나의 머리카락이 목에 닿아 간질거렸고, 따뜻한 숨소리가 들렸다. 누나는 누구도 듣지 못하게 나직이 말했다.

"베켓 오빠한테서 편지가 왔어. 내일 보여 줄게."

2

수비학의 역사는 1만 년을 거슬러 올라간다. 수비학은 그리스, 이집트, 바빌론, 히브리, 중국 관습의 일부분이기도 하다. 칼데아인, 마야족, 티베트인, 페니키아인, 켈트족 또한 수비학의 체계를 이용해 자연을 이해했다. 오늘날의 수비학은 그리스의 수학자인 피타고라스 이론에 기반을 두고 있다. 피타고라스는 1에서 9까지의 숫자가 주요한 우주 현상을 상징한다고 믿었다. 숫자는 모든 진화 단계의 진동을 보여 준다. 가장 주목할 숫자는 생일과 이름이다.

제프는 꿈에서 형을 보았다. 그러나 눈을 떴을 때 떠오른 두 단어 때문에 꿈은 곧 사라지고 말았다. 바비큐 덮개!

제프는 침대에서 일어나 커튼 한 귀퉁이를 젖혔다. 아침이었다. 바람과 비는 잦아들었지만 낙엽, 나뭇가지, 종이, 플라스틱 조각, 주름진 마분지 조각 등으로 선인장 정원은 엉망이었다. 제프는 창문에 머리를 박으며 앓는 소리를 냈다. 덮개를 단단히 묶어 놓겠다고 한 에디 아저씨와 했던 약속을 잊다니!

제프는 맨발에 잠옷 차림으로 아빠의 시가 냄새가 밴 커튼이 드리워진 어두운 거실을 통과해, 유리문 밖 회색빛 속으로 달려 나갔다. 그리고 주위를 둘러보았다. 낙엽들, 오래된 쇼핑백, 아이스크림 통 뚜껑. 다 어디서 왔을까? 하늘은 어두웠고, 하늘만큼 어두운 바다와 항구에는 넘실거리는 파도뿐, 배들은 보이지 않았다.

제프는 조심스레 쓰레기 사이를 지나 갈색 눈 더미 같은 낙엽, 나뭇가지, 오렌지 주스 깡통 같은 부유물투성이인 수영장을 지났다. 청소하려면 족히 수백 년은 걸릴 듯했다. 그리고 저기 덮개 없는 바비큐 그릴이 비를 맞으며 덩그러니 놓여 있었다.

에디 아저씨가 제프에게 부탁했을 때, 제프는 하겠다고 대답했지만 아빠의 자동차 소리에 놀라 집으로 뛰어 들어가느라 잊어버렸다. 아빠가 에디 아저씨와 이야기하는 걸 싫어해서 어쩔 수가 없었다. 하지만 이 일로 에디 아저씨는 해고될 것이다. 바비큐 덮개는 방수 쿠션을 덧댄 새것이기 때문이다. 제프가 약속을 어겨 에디 아저씨가 실수한 꼴이 됐다.

숨이 멎을 듯했다. 그러다 번뜩 생각이 났다. 새 덮개는 무거워. 바람에 벗겨질 수는 있어도 멀리 날아가지는 못했을 거야. 확실히 집 밖은 아니야. 찾을 수 있을 거야.

어딘가에 떨어져 있겠지. 제프는 바비큐 덮개를 제자리에 가져다 놓을 수 있을 것이다.

빗줄기가 더는 땅을 두드리지 않았다. 그러나 바람에 따라 방향이 바뀌는 분무기 같았다. 덕분에 제프는 흠뻑 젖어 버렸다. 제프는 콘크리트 경계를 살피면서 수영장 주위를 빠르게 걸었다. 집의 어느 곳이든 담장은 높았다. 쇠못 같은 장식이 있고 3미터가 훌쩍 넘었다. 쇠못 장식 두 개 사이에 플라스틱 조각이 걸려 있었지만 바비큐 덮개는 없었다.

제프는 창고를 지나 자신의 침실 모퉁이 앞에서 멈췄다. 대문 가까이 유칼립투스 가지가 부러진 채 매달려 있었다. 그 아래 콘크리트에 짙은 그림자가 드리워져 있었다. 제프는 바비큐 덮개일 거라고 생각했다. 그러나 유칼립투스 이파리 아래에 있는 물체의 색깔이 낯설었다. 가까이 가 보니, 담장 너머에서 날아 들어와 나무 밑에 떨어진 쓰레기봉투 같았다. 쓰레기가 쏟아져 나온 것처럼 보였다.

얼굴에 비가 부딪쳤고, 갑작스런 기압 변화로 귀가 먹먹해지는 듯 팽창감이 느껴졌다. 제프는 침을 삼키고 나무 아래로 걸어갔다. 나뭇잎들 사이로 물기가 번들거리는 흰 다리가 보였다.

숨을 쉴 수도, 생각할 수도 없었다. 바람도, 비도, 시간조차도 제프와 함께 그림처럼 멈춰 버렸다. 산소가 필요했다. 제프는 숨을 죽이며 뒷걸음쳤다.

유칼립투스 잎사귀 아래에 있는 것은 죽은 사람이었다.

엄마만 가운을 걸치고 나왔다. 안경을 쓰지 못하고 나온 아빠는 체크무늬 잠옷이 비에 젖어 몸에 달라붙은 채로 눈살을 찌푸리고 있었다.

"제프리, 거기 서 있지 마! 젠장!"

아빠가 나뭇가지를 걷어 내려고 애쓰며 소리쳤다.

"도와줘!"

그 말을 듣고도 제프는 꼼짝할 수 없었다. 죽은 사람은 늙은 여자였다. 해골 같은 얼굴에 회색 머리카락이 달라붙어 있었다. 초승달처럼 벌어진 입안으로 검은 치아가 보였고, 완전히 감기지 않은 눈가에 물기가 맺혀 반짝였다. 할머니는 마른 체격에 옷은 흠뻑 젖었다. 코트에 분홍색 젖은 스카프를 두르고, 앙상하게 마른 다리에는 바지가 휘감겨 있었다.

아빠는 제자리로 돌아가려는 유칼립투스 가지를 붙잡고 서 있었다. 아빠의 맨발이 빗속에 미끄러져 발가락이 할머니의 머리에 닿을 듯 가까웠다.

"제프리!"

아빠의 고함 소리에 누나가 달려와 할머니의 다리를 붙잡고 나뭇가지 밑에서 끌어냈다. 코트와 바지가 위로 말려 올라가 은회색의 맨살이 드러났다. 할머니의 머리가 옆으로 기울어지면서 신음 소리 같은 게 났다.

"살아 있어."

누나가 말했다. 누나는 두 손가락을 할머니의 주름진 목에 대어 보았다.

"그래, 맥박이 뛰고 있어! 구급차를 불러!"

하지만 아빠는 이미 휴대폰으로 경찰에 신고하고 있었다.

"침입자가 있습니다. 부랑자입니다. 뭐라고요? 그걸 어떻게 알아요? 여긴 대문 있는 집이고, 닫혀 있었다고요."

안드레아 누나는 엄마를 보며 "구급차요!"라고 외쳤다.

신원을 알 수 없는 할머니가 살아 있다는 말에 제프는 팔다리에 힘이 들어갔다. 집으로 달려가 쿠션과 담요를 가져왔다. 안드레아 누나가 할머니의 머리를 들어 올렸고, 그 밑에 쿠션을 대 주었다. 젖은 머리카락은 가늘었다. 귀 위로 주름이 깊고 눈썹과 속눈썹은 거의 없었다. 얼굴은 쪼글쪼글하고 살이라고는 한 점 없이 앙상하게 마른 채 목살이 축 늘어져 있었다. 엄마가 우산을 펼쳐

주자, 제프가 할머니의 얼굴 위로 가져갔다.

"비를 피해 집 안으로 데려가야 해."

누나가 말했다.

"안 돼. 경찰이 올 때까지 그대로 있어야 해."

아빠가 말했다.

"아빠 말이 옳아."

엄마가 말했다.

"잘못 옮겼다가 더 나빠질 수 있어."

아빠가 머리를 우산 속으로 들이밀며 소리쳤다.

"어떻게 들, 어, 왔, 어, 요?"

"여보, 못 들어요."

엄마가 말했다.

"알아야겠어."

아빠가 다급하게 말했다.

"이 할머니 혼자서 집에 들어왔다고 생각하는 건 아니지? 어떻게! 말해 봐. 어떻게! 갱단이 관련돼 있을 거야. 장담한다고. 패거리가 따로 있고, 이 할머니는 미끼인 거야."

"아빠, 다른 사람은 없어요."

누나가 말했다.

"옷부터 갈아입지 그러세요?"

"경찰을 기다려야지."

아빠는 주먹을 쥐락펴락하더니 엄마를 돌아보며 말했다.

"뚱보 정원사 짓이야. 그자가 할머니를 집으로 들인 거야."

엄마와 누나는 서로 눈빛을 나누더니 제프가 알아채지 못하게 시선을 돌렸다.

"어서 들어가요. 11시에 공항에 가야 하잖아요."

아빠는 엄마의 말에 눈을 크게 부릅떴다.

"끔찍이도 생각해 주네. 내 직감이 맞다니까!"

아빠는 땅 위에 쓰러져 있는 여자를 가리켰다.

"저 할머니는 아무것도 없는 부랑자 노인네가 아니라고. 뭔가 더 있어!"

엄마는 팔짱을 끼더니 가 버렸다. 아빠 역시 성큼 걸어갔는데, 집 쪽이 아니었다. 아빠는 혹시 없어진 물건이 없는지 지하실부터 창고까지 구석구석 뒤졌다.

땅 위에 쓰러져 있는 할머니는 숨을 쉬는 것 같지 않았지만, 누나는 제프에게 할머니가 살아 있다고 단언했다.

"맥박이 살아났어."

누나가 말했다. 제프는 우산을 들었다. 공기 가득 유칼립투스잎 냄새가 났다. 폭우는 아니었지만 비는 계속 내렸다. 빗방울이 우산살을 타고 할머니의 머리 위로 뚝뚝 떨어졌다. 누나는 할머니 옆에 무릎을 꿇고 앉아 제프를 올려다보았다. 제프는 베켓 형에 관해 물어보고 싶었다.

어깨 너머로 엄마가 어디 있는지부터 살피고는 급히 속삭였다.

"편지는?"

"미안. 학교에 두고 왔어. 오늘 저녁에 가져올게. 엄마, 아빠한테 들키면 안 되지만 좋은 소식이야."

"그래?"

누나가 미소를 지었다.

"베켓 오빠가 뉴질랜드로 송환된대."

제프는 우산을 떨어뜨렸다. 맨발 위로 빗방울이 떨어졌다.

"정말?"

"오빤 그렇게 믿고 있어. 오클랜드 근처 새 교도소에 있게 될 거래."

제프는 팔짝팔짝 뛰면서 소리치고 싶었다. 그건 단순히 좋은 소식 정도가 아니었다. 그건 기적이다. 형이 집에 돌아오다니! 제프는 우산을 흔들었다.

"와아! 형을 볼 수 있다!"

누나가 두리번거리더니 싸늘한 표정으로 말했다.

"그만해, 귀요미. 학교 가야지. 아빤 스탠턴 존스 씨를 만나러 공항에 가시죠. 그렇죠, 아빠?"

제프는 흥분을 가라앉혔다. 아빠는 비에 젖은 잠옷을

입은 채 그들 바로 뒤에 있었다. 아빠의 눈이 승리의 기쁨으로 빛났다. 바비큐 그릴 덮개가 없어진 것을 알아낸 것이다.

구급차와 경찰차가 도착했을 때 아빠만 잠옷 차림이었다. 물에 빠진 생쥐 꼴로 가슴의 회색 털마저 잠옷 단추 사이로 삐져나와 있었다. 제프가 우산을 내밀었지만, 아빠는 마치 수사에 방해라도 된다는 듯이 밀어냈다.

경찰관 두 명이 왔는데 남자 경찰관은 우산을 든 채로 질문을 하고 여자 경찰관은 수첩에 기록했다.

아빠는 질문에 대답하며 점차 자제심을 잃었다. 제프가 듣기에도 요점이 빗나간 질문들이었다. 이 할머니를 전혀 본 적이 없나요? 가족 중 누군가 실수로 대문을 열지는 않았나요? 당신 차에 타고 들어왔을 수도 있지 않나요? 폭풍으로 자동문이 고장 나 저절로 열렸을 가능성은 없나요?

구급대원들은 젖은 담요를 걷어 내고 할머니의 몸을 노란색 방수 시트로 덮고 코에 산소마스크를 씌웠다. 그들은 할머니 옆에 무릎을 꿇고 앉아 분홍색 스카프를 벗기고, 들것에 옮기기 전 조심스럽게 진찰했다. 구급대원

중 한 명이 경찰관들에게 말했다.

"80에서 88세 사이로 추정됩니다. 뚜렷한 골절은 없고요. 저체온증과 뇌진탕 가능성이 있어요. 치매 병력이 의심됩니다."

다른 구급대원이 말했다.

"치매 환자 중에 가끔 길을 잃는 경우가 있습니다."

"누구의 도움도 없이 집에 들어왔을 리가 없어요."

아빠가 총을 겨누듯 손가락을 세워 할머니를 가리켰다.

"패거리가 있을 거요. 도둑질하는 인간들이라니! 교외에서 떼를 지어 쳐들어와서 일을 벌이지."

남자 경찰관이 수첩을 살피며 말했다.

"누구도 못 봤다면서요."

"벌써 멀리 갔겠지요."

아빠가 주장했다.

"다 도망치고 그 여자만 남은 거죠."

"도난품이 있나요?"

"아뇨. 없어요."

엄마가 대답했다.

"있다니까요. 신상 바비큐 그릴 덮개요!"

아빠가 말했다. 하지만 자신조차 확신하지 못하는 눈치였다. 경찰은 폭풍우에 날아간 거라고 말했고, 아빠는 대꾸하지 않았다. 다만 응급용 침대에 실려 구급차로 옮겨지는 할머니에게 다시 말을 돌렸다.

"주머니는 뒤져 봤어요?"

구급대원이 젖은 비닐봉지를 열어 플라스틱 빗, 레이스 손수건, 흠뻑 젖은 소화제 통을 보여 주며 "신분증은 없습니다."라고 말했다.

"실종자일 겁니다. 근처 쉼터 시설에 전화해 보죠."

여자 경찰관이 말했다.

"밤새 나무 아래 있었어요. 어떻게 이런 폭우에 살아남았죠?"

누나가 말했다.

"밤새는 아니고 네댓 시간 정도일 겁니다. 이제 병원으로 옮기니 괜찮아요."

구급대원이 미소를 띠며 말했다.

"깨어날까요?"

제프가 물었다.

"아마도요. 하지만 장담할 순 없습니다. 길을 잃고 폭우 속을 헤매는 치매 환자가 처음은 아니에요. 그들은 대부분 불안정한 상태라고 봐야 합니다."

"이런 폭풍에는 누구든 마음이 불안하지요."

남자 경찰관이 아빠에게 손을 뻗었다.

"끔찍한 밤이었어요. 선생님은 그만 들어가서 몸부터 녹이시죠. 정 걱정이 되면 저 자동 대문부터 점검해 보세요. 안심이 될 겁니다."

"들었어? 저 어린놈이 날 깔보며 하는 말?"

아빠는 현관 쪽으로 걸어가며 말했다.

"씻어요, 여보."

엄마가 말했다.

"안드레아? 제프? 가방 챙기고 뭘 좀 먹어야지. 학교 늦겠다."

아빠는 하얀 대리석 위를 철썩철썩 소리 내며 걸었다.

"진실을 꼭 밝혀낼 거야. 치매? 절대 아니지. 말도 안 돼."

엄마가 자동차 열쇠를 들었다.

"여보, 씻어요! 그 스탠턴 뭐라나 하는 사람이 태즈먼을 반쯤은 건넜을 텐데, 당신은 옷도 안 입고 있잖아요. 난 출근해요."

아빠가 돌아서서 뭔가 말하려는데 엄마는 벌써 가방과 우산을 들고 차고로 가 버렸다. 제프는 엄마의 자동차 뒷자리에, 누나는 운전석 옆자리에 앉았다. 차고 문이 열리자 그 앞은 폭풍우 때문에 엉망이었다. 자동차는 후진한 뒤 크게 회전했다.

하얗게 벗겨진 유칼립투스 가지는 여전히 늘어져 있었

고, 차도 위에 누워 있는 나뭇가지는 거대한 빗자루처럼 보였다. 아침의 일들이 모두 꿈만 같았다. 비는 경찰차와 구급차의 흔적까지 모두 씻어 냈다.

엄마와 누나는 시드니에서 오고 있는 남자에 대해 이야기했다. 그들은 그가 커피를 좋아했는지 차를 더 좋아했는지를 기억해 내려고 애썼다. 제프는 부러진 나무들과 젖은 거리를 보고 있었지만, 의식 불명의 할머니에 대한 생각을 떨칠 수 없었다. 그 할머니는 어린 시절 읽었던 동화 속의 구두 할머니, 파리를 삼킨 할머니, 백설 공주의 마녀, 헨젤과 그레텔에 나오는 마녀 같은 것들을 떠올리게 했다. 하지만 그렇게 나이가 많은 할머니가 굳게 닫힌 대문 안으로 어떻게 들어왔는지는 아무래도 상상할 수 없었다. 제프는 시계를 보면서 언덕 아래에서 도로까지 시간을 쟀다. 41초 걸렸다. 도로 위 잔해들 때문에 평소보다 6초 더 걸린 것이다.

아빠가 옳을지도 모른다. 제프는 절도범이나 기물 파괴범은 아니더라도 뭔가 더 있다고 생각했다.

지각한 학생은 제프만이 아니었다. 대부분이 폭풍우로 피해를 입었고, 몇 명은 도로가 폐쇄되거나 기차가 연착

해 학교에 오지 못했다. 학교에는 별다른 피해가 없었지만 교무실 외벽 물받이가 막혀 테니스 코트가 반쯤 물에 잠겼다. 윌슨 선생님이 '흥청망청 놀기'라고 부르는 놀이를 하기에 안성맞춤이었다. 선생님이 나와서 말리기 전까지, 아이들은 발목 깊이의 물을 차서 상대방의 얼굴을 적시면 점수를 얻는 흥청망청 놀기를 했다. 제프는 점수를 얻고도 알아차리지 못했다. 너무 많은 생각이 떠올라 집중할 수가 없었다.

폴 피츠기봉은 삼촌의 이웃이 에번스만에 정박해 놓은 보트가 파도에 휩쓸려 갔다고 말했다.

"너네 집은 괜찮아?"

"응."

그러더니 제프는 곧 고쳐 말했다.

"사실은 아니야."

폴이 놀라서 쳐다봤다.

"일이 좀 있었어."

제프는 잠시 말을 멈췄다. 말하려고 보니 괴상한 데다 흔한 일도 아니었기 때문이다. 직접 목격한 자신조차도 믿기 어려운 일이지 않은가.

"무슨 일인데?"

폴이 물었다.

"우리 집 유칼립투스 나무 아래에 어떤 할머니가 의식을 잃은 채로 쓰러져 있었어. 나뭇가지에 깔린 채로 흠뻑 젖어서 말이야. 구급차도 왔는데, 구급대원 말이 기억을 잃고 길을 헤매던 치매 환자일 거래."

제프는 경찰과 아빠에 대해서는 말하지 않기로 했다.

"병원에 실려 갔어."

"괜찮대?"

"그건 몰라. 오늘 아침에 처음 발견했을 땐 죽어 있는 줄 알았어."

다시 생각만 해도 등골이 오싹했다.

"어떻게 들어왔는지 모르겠어. 대문은 닫혀 있었고, 담은 할머니가 오르기엔 너무 높은데 말이야. 더구나 그 할머니 몸집이 작고 말랐어."

"폭풍 때문이지."

폴이 말했다.

"회오리바람이 그 할머니를 낚아채서 너희 집 마당에 떨어뜨린 거야."

제프는 잠깐 그럴 수도 있겠다고는 생각했는데, 폴이 미소를 지었다.

"농담이지?"

제프가 물었다.

"응."

폴은 눈알을 굴리며 괴상하게 웃더니 물었다.

"동치 분수[4] 유형은 만들었어?"

"뭐?"

"숙제 말이야."

"아, 했어."

제프는 화제가 바뀌어 마음이 놓였다.

"엄청 쉽지, 안 그래?"

"껌이지."

폴이 말했다.

제프는 윌슨 선생님을 좋아했다. 윌슨 선생님은 좋은 선생님 목록에서도 상위 그룹에 속한다. 재미있고, 학생들을 어린애 취급하지 않는다. 수업에서 벗어난 이야기를 많이 하는 편이지만, 유머 코드가 특이했다. 아이들은 선생님이 진지할 때 웃고, 선생님은 아이들이 웃는 걸 보고 웃었다. 그런 게 잘 맞았다. 윌슨 선생님이 담임이어서 제프는 운이 좋다고 생각했다.

"자, 애들아! 폭풍우 이야기는 충분히 했지? 이제 어제

4. 동치 분수 : 분모와 분자는 다르지만 크기가 같은 분수.

배운 것 좀 복습해 볼까? 지구에서 가장 큰 바다는 뭘까?"

아이들은 답을 알고도 대답하지 않았다. 윌슨 선생님은 미소를 짓더니 다시 물었다.

"태평양은 얼마나 크지?"

"1억 6천만 제곱킬로미터요."

제이크 코히토루가 말했다.

"고맙다, 제이크. 정확히 1억 6,920만 제곱킬로미터야. 썰물 때 기준일 수는 있지만."

윌슨 선생님은 제이크에게 더 활짝 웃으며 물었다.

"그렇다면 태평양의 가장 깊은 곳은?"

"마리아나 섬 근처 마리아나 해구요."

"맞아. 필리핀 남쪽과 오스트레일리아 북쪽 사이의 마리아나 해구지. 세계에서 가장 깊은 협곡이야. 길이 2,550킬로미터, 너비 69킬로미터. 깊이는? 누구 최대 깊이 아는 사람?"

아무도 대답하지 않았다. 교실을 둘러보고 제프도 입을 다물었다. 모두 알고 있을 터였다.

"누가 짐작해 볼래?"

타히리 스몰우드가 손을 들었다.

"그랜드 캐니언만큼 깊어요?"

그때 제프가 갑자기 큰 소리로 말했다.

"아니야! 그랜드 캐니언은 깊이가 1,800미터이고, 마리아나 해구의 가장 깊은 곳은 1만 911미터야."

윌슨 선생님이 활짝 웃으며 말했다.

"놀라운데, 제프리 로리머! 어떻게 그 숫자를 기억하니?"

제프는 어깨를 으쓱해 보였다. 사실 별로 어렵지 않았다. 해구의 가장 깊은 곳은 베켓 형의 번호 3을 떠올리면 됐다. 그랜드 캐니언은 자신의 수 9와 같았다.

선생님은 컴퓨터를 켜고 칠판에 세계에서 가장 큰 단층들을 비교하는 도표를 띄웠다.

"마리아나 해구는 그랜드 캐니언보다 여섯 배 더 깊어. 탐험가들에게 이 모험이 어떨지 상상해 보렴. 에베레스트는 수없이 정복됐고, 인류는 달 위를 걷기도 했어. 그러나 오늘 이 순간까지 누구도 마리아나 해구의 바닥에 닿은 사람이 없단다. 왜 그럴까?"

"압력 때문에요."

폴이 중얼거렸다.

"맞아. 무려 제곱미터당 703킬로그램이야. 너희 귀가 어떻게 될지 상상해 봐!"

제프는 도표를 유심히 보았다. 압력, 귀. 아침에 나무 아래에서 할머니를 발견했을 때, 제프는 몸의 모든 기능이 멈추고 귀가 비행기 착륙 때처럼 펑 소리가 나면서 부풀어 오르는 걸 느꼈었다. 제프는 책상 아래로 두 손을 맞잡고 기억을 더듬었다. 하지만 기억 나는 게 없었다. 그럴 수가 없었다. 그럴 까닭이 없었던 것이다.

안드레아 누나가 베켓 형의 편지를 가져왔다. 엄마와 아빠가 스탠턴 존스 씨를 만나러 호텔에 간 사이 제프는 거실에서 편지를 읽을 수 있었다. 두 장의 편지는 갈색 줄이 있는 종이 위에 연필로 흐리게 써서 읽기가 힘들었다. 누나는 감옥에서는 볼펜을 쓸 수 없다고 말했다. 무기로 사용하거나 금지품을 감추는 데 이용될 수 있기 때문이라고 했다.

"마약 같은 거?"

"바늘이나 면도날 같은 것도."

베켓 형의 편지는 갈수록 글씨가 작아져, 형이 태국의 감옥에서 떨고 있는 것 같이 느껴졌다. 안드레아 누나는 가능한 한 많은 글씨를 쓰기 위해 그랬을 거라고 설명해 주었다. 그들은 몸을 웅크리고 귀한 보물처럼 단어 하나 하나를 집중해서 읽어 나갔다. 형의 손길을 느낄 수 있을 것만 같았다.

얼마나 돌아가고 싶은지. 눈사람들은 좀 녹았니? 아직도 남극 같니? 언제라고 정확하게 말할 수는 없지만 곧 돌아갈 것 같아. 기념품으로 생쥐만큼 큰 바퀴벌레를 가져갈 수도 있어. 제프, 사랑해. 앤디도 사랑해. 적어도 여긴 중앙난방이 필요 없단다…….

제프는 누나를 돌아보았다.

"뭐야, 구체적인 건 하나도 없잖아."

"대충 알아들어야지, 귀요미. 베켓 오빠 말은 해충이 많고 몹시 덥다. 그리고 부모님은 마음이 좀 풀렸는지, 자신이 여전히 가족인지가 궁금한 거야."

제프는 아빠가 베켓 형에 대해 했던 말을 떠올렸다.

'형은 죽었다.'

아빠는 제프와 누나에게 베켓 형이 더 이상 가족이 아니라는 것을 강조하려고 그렇게 말했을 것이다.

"엄마랑 아빠는 벌써 알고 계실 거야. 오빠가 뉴질랜드 감옥에서 남은 형기를 보낼 거라는 거."

누나가 말했다.

"엄마랑 아빠가 그렇게 말했어?"

"절대 아니지. 오빠가 걱정하는 것처럼 부모님 마음은 아직 풀리지 않았어."

누나는 편지를 접어 교과서에 넣었다.

"아마 아빠가 오빠를 뭐라고 즐겨 불렀었는지 알면 깜짝 놀랄걸. 금발의 아도니스[5]! 어쨌든! 우리가 오빠 만나는 걸 막지는 못할 거야."

누나는 단호하게 말했다. 제프도 그럴 거라고 믿었다. 제프는 누나를 안고 싶었지만 누나는 탁자 건너편에 앉아 있었다. 으르렁거리는 전기톱 소리가 방 안을 가득 메웠다. 전기톱 소리는 더 커졌다. 에디 아저씨와 프랑수아 씨가 부러진 유칼립투스 가지를 잘라내는 소리였다. 에디 아저씨를 도와 청소를 하던 동료는 수영장에 떠 있는 바비큐 덮개를 찾아냈다. 나뭇잎에 가려 보이지 않았던 것이다. 에디 아저씨는 바비큐 덮개에 관해 한마디도 않고 묵묵히 바비큐 그릴을 닦았다. 덮개는 말리려고 테라스에 걸어 놓았다.

안드레아는 휴대 전화를 꺼내 들었다.

"내가 뭐 할지 알아? 병원에 전화할 거야."

"말 안 해 줄걸."

"걱정 마. 좀 다르게 시도할 거니까."

누나는 번호를 누르며 비밀스런 미소를 지었다.

"여보세요? 시립 병원이죠? 로리머 간호삽니다. 오늘

5. 아도니스 : 그리스 신화에 나오는 미소년. 여신 아프로디테의 사랑을 받음.

저체온증과 기억상실증으로 들어온 응급 환자에 관해 문의할 게 있는데요. 네, 연결해 주시기 바랍니다. 중환자실인가요? 네. 그렇군요. 오늘 이송된 응급 환자 중에 노부인에 관해 문의한 로리머 간호사입니다. 예, 예. 어느 병동이라고 하셨죠? 아, 감사합니다."

누나는 제프를 보며 다시 웃었다.

"안녕하세요. 오늘 입원한 노부인에 대해 확인할 게 있어서요. 부인은 폭풍우 속에서 발견됐고, 저체온증이고. 아, 신분 확인이 되었나요?"

안드레아가 미간을 찌푸렸다. 목소리에 확신이 없어졌다.

"스스로 나갔다고요? 어떻게 그럴 수가? 아, 저는 친구입니다. 제 말은……."

누나는 전화를 끊더니 한 손으로 이마를 짚으며 말했다.

"갔대."

"뭐?"

"그 할머니, 걸어 나갔대. 엑스레이 찍으려고 기다리는 중이었는데 환자복을 입은 채 사라졌대. 그 할머니가 누구인지, 어디로 갔는지 아무도 모른대."

3

블랙홀은 강력한 중력으로 빛을 포함한 모든 것을 끌어당긴다. 블랙홀은 별이 죽으면서 만들어진다. 한번 만들어지면 주위 모든 것을 흡수하며 커진다. 블랙홀은 다른 블랙홀과 하나가 되어 더 큰 블랙홀이 된다. 은하계에도 거대한 블랙홀이 있다고 한다.

토요일 아침, 사흘째 남풍이 불고 보슬비가 집을 감싸니 어두운 동굴이 따로 없었다. 누나는 탁자 위에 신문을 펼치고 제프에게 주요 기사를 읽어 주었다. 운동 경기 대부분이 취소됐고, 부러진 가지와 막힌 하수구, 도로 유실, 단전된 집들이 복구됐으며, 여객선이 운항을 재개했고, 기차는 페톤 인근 철로 수리로 운행을 중단했다고 한다.

누나는 신문을 제프에게 건네고 다 먹은 시리얼 그릇을 식기 세척기에 넣었다. 제프는 누나가 시리얼을 선반에 놓는 것을 보았다. 교복 대신 하얀 스키니 진에 빨간 부츠를 접어 신은 누나는 패션 잡지에서 막 튀어나온 것처럼 보였다. 제프는 누나가 말하지 않아도 외출할 것을 알았다. 누나에게는 두 명의 남자 친구가 있는데, 한 명은 부모님도 알고 있었고, 다른 한 명에 대해서는 몰랐다. 제프도 다른 한 명은 누군지 몰랐지만, 그래도 괜찮았다.

"북쪽 날개는 이상 무?"

"아직 주무실걸."

제프는 폭풍우 피해 관련 사진들을 보며 대답했다.

"늦게 오셨어. 꽤 소란했던 걸로 봐서 많이 취하신 거 같아."

"특별한 기념일 같은 소란, 아님 평소 같은 소란?"

누나가 웃으며 물었다.

"기념일 같은 소란. 아빠가 노래를 불렀거든."

"그런데도 내가 안 깼던 거야?"

"난 깼지. 엄마가 조용히 시키려는데, 엄마 목소리만 더 높아졌어. 그분은 시드니로 돌아갔어?"

"오늘 아침 비행기로."

누나가 가방끈을 어깨 위로 바짝 끌어올렸다.

"나 시내에 가는데, 혼자 괜찮겠어?"

"물론. 다니엘 만나?"

"영화 볼 거야."

누나가 웃으며 말했다.

"휴대 전화는 두고 간다. 충전해야 해서."

"알았어."

제프는 누나가 세인트 패츠 12학년 다니엘을 만나러 가는 게 아닌 것을 알고도 고개를 끄덕였다.

"재미있게 보내."

"베켓 오빠 편지는 잘 숨겼어. 월요일에 학교에 다시 가져다 놓을 거야."

제프는 고개를 끄덕였다. 누나가 제프를 안느라 몸을 숙이자 향수 냄새가 훅 끼쳤다.

"다음 토요일엔 영화관에 같이 가자."

제프는 아빠가 누나에게 생일 선물로 사 준 자동차가 후진해서 차고를 빠져나가는 소리를 들었다. 그리고 신문을 읽었다. '지방을 50퍼센트 적게 함유한 마가린' 제프는 그 광고 문구가 거슬렸다. 무엇보다 50퍼센트 적다는 거지? 상품을 팔려고 고의로 숫자를 모호하게 쓰는 걸 볼 때마다 마음이 불편했다. '임상 실험 결과 25퍼센트 더 효과적이라는 게 입증됐다. 60 퍼센트 더 깨끗한 세탁!' 돈을 벌기 위해 숫자를 조작하는 것이다. 제프는 신문을 넘겼다. 도표는 괜찮다. 그래프도 좋다. 그래프에 적힌 숫자들은 비교적 정직하다. 제프는 이런 것들을 따로 이름 붙였다. 완전한 정수. 제프는 생활 속에서 숫자들을 분리하고 싶었다. 그리고 거짓 없는 숫자들을 위한 방을 따로 마련해서 모아 놓고 싶었다. 제프는 신문을 접었다. 거의 11시였다.

부모님은 아직 주무셨고, 토요일 크리켓 경기는 취소됐다. 제프는 비 내리는 주말이 싫었다. 할 일이 없었다. 폴이 집에 있다면 폴을 만나러 갈 텐데. 폴의 집에는 키보드, 베이스, 드럼 세트가 있는 지하실이 있다. 아니면 실내 스케이트장에 가고 싶어 할 것이다.

턱을 괴고 창문 밖으로, 바로 앞 담벼락조차 가려 버린 짙은 안개를 내다보았다. 냉장고만이 윙윙거렸다.

제프는 누나만큼 대담하지 못했다. 만일 제프가 누나처럼 아무 말도 없이 외출한다면 큰 문제가 될 것이다. 제프는 탁자 위에 메모를 남기고 휴대 전화와 대문 스위치를 가져갔다. 별일 없다면 영화를 보기에 충분한 돈도 있었다. 버스를 타고 갈까, 자전거를 타고 갈까?

제프는 버스 정류장까지 몇 걸음인지 셌다. 순한 독일산 셰퍼드가 있는 하얀 집까지 223걸음이었다. 제프는 평소 저런 개를 한 마리 가지고 싶다고 생각했다. 항구가 보일 정도로 안개가 옅어진 엥거스 거리까지는 394걸음,

나무 벤치 양옆으로 작은 유리 벽이 있는 버스 정류장까지는 610걸음이었다. 정류장에는 버스를 기다리는 대여섯 명의 사람들이 있었다. 제프는 유리 벽에 기대어, 재킷 주머니에서 휴대 전화를 꺼내 폴에게 문자를 넣었다. 폴이 팀버야드에 아빠를 도우러 가지 않았기를 바랐다. 비는 곧 그칠 듯했다. 사방이 물바다였고, 항구에는 파도가 넘실댔지만 어제만큼 질척이지는 않았다. 만약 폴이 안 된다면? 어쩌면 살로사나 켄이 함께 스케이트장에 갈 수 있을지도 모른다.

몇 분 만에 답 문자가 왔다.

'그래, 친구. 보자. 폴.'

제프는 씩 웃으며, 휴대 전화를 닫았다. 카로리행 버스가 도착하자, 정류장에 있던 사람들 대부분이 버스에 올랐다. 제프는 기차역 방향 버스를 타기 위해 유리 벽 안쪽으로 들어가 벤치에 앉았다. 머릿속은 온통 드럼이 있는 폴의 지하실과 오후 내내 드럼을 연주할 생각으로 가득 찼다. 그렇다! 피츠기봉 아저씨와 아줌마는 토요일 오후 내내 아이들이 만들어 낸 소음으로 귀머거리가 될지도 모른다.

귀머거리? 제프는 귀를 만졌다. 귓불 뒤로 감각이 온전히 돌아왔다. 그다지 아프지는 않았다. 침을 삼키자 머릿속에서 '펑' 뚫리는 소리가 나더니 자동차들이 '휙휙' 지나는 소리가 선명해졌다. 어려서 그로밋[6]을 달았을 때 느꼈던 통증 같은 것이 느껴졌다.

그때 누군가 말을 걸었다.

"안녕, 제프."

돌아보니 의자 끝에 누가 있었다. 모직 모자에 분홍 스카프, 검은 패딩 재킷과 갈색 가방이 보였다. 모자와 스카프 사이로 짙은 밤나무처럼 반짝이는 작은 눈과 한 줌의 흰머리가 보였다.

"안녕, 제프, 넘버 나인."

제프는 초승달처럼 벌어진 입술 사이로 보이는 검은 이를 보고 알았다. 분명히 알았다.

"쿠션과 우산 고마웠다."

할머니가 말했다.

"괜찮으세요?"

싱거운 질문이었지만, 그 질문밖에는 생각이 안 났다.

"아니, 안 괜찮아."

할머니는 재킷을 여미며 말했다.

"정말이지 이런 고물딱지는 딱 질색이야. 이것보다 좀만 더 쌩쌩하고 쓸 만한 걸 골랐어야 했는데 말이야. 때

6. 그로밋 : 중이염을 앓는 아이들 귀에 삽입하는 작은 관.

마침 폭풍우에 휩쓸린 거지. 절대로 괜찮지 않다. 좌우지간 물어봐 줘서 고맙구나."

역시 치매구나, 제프는 생각했다. 병균을 없애야 한다고 모든 식료품을 세탁기에 넣어 돌리던 엄마의 왕고모할머니처럼 할머니는 제정신이 아닌 게 분명했다. 제프는 예리하게 빛나는 짙은 눈동자를 쏘아보았다.

"어떻게 나뭇가지 아래 깔렸죠?"

"몰라. 자꾸 까먹어. 1분 전엔 저기 있었는데, 몇 분 뒤에는 여기 있지. 네 집에 있었던 건 너 때문이지."

"저요?"

"그래, 너랑 네 가족 때문이야. 그러니까 내가 여기 있지."

할머니는 기침하더니, 스카프로 입술을 훔쳤다.

"말해 주랴? 어떤 이들은 굳이 어려운 길을 선택해. 그건 잘못이 아니야. 어려운 길은 최고의 선생이 될 수도 있거든. 하지만 그 어려움에서 교훈을 찾지 못하면 끝이지. 그러니까 누군가에게 도움을 받아야 할 때라는 말이다. 아니면 너만 볼 수 있는 내면으로부터 도움을 받거나."

제프는 생각했다.

'내가 뭘 볼 수 있다는 거지? 아무것도 못 봤는데.'

할머니는 삐쩍 마른 늙은 새 같았지만 무섭지 않았다. 다만 할머니의 광기를 피해 빨리 버스에 타고 싶을 뿐이었다. 제프는 바닥으로 시선을 돌렸다.

"우리 가족에 대해 모르시잖아요."

제프가 웅얼거렸다. 할머니는 기러기처럼 웃어 댔다.

"이 고물딱지 몸뚱이보다야 더 잘 알지. 네 아빠 윈스턴 로리머는 모래 늪에 발목이 빠져 있고, 엄마 헬렌은 절벽 끝에 서 있잖니. 형 베켓은 마약을 운반하다 태국 감옥에 수감 중이고, 누나 안드레아는 곧 학교를 그만둘 거고. 그리고 너, 넌 제프 로리머에 대해서 알고 싶지 않니?"

제프는 알고 싶지 않았다.

"할머니는 누구세요?"

제프가 물었다. 할머니는 가방의 걸쇠를 열고 안을 살폈다.

"메이지라고 불리더구나. 세례명이 엘리너 메이 콜드웰이고, 노란 잉꼬와 함께 시립 아파트에 살고. 뭐, 이름은 좋구나."

할머니는 손등으로 콧물을 닦았다.

"내가 누구든 그게 무슨 상관이니. 우린 자아가 없어서 꼬리표 따윈 필요 없단다. 우린 드림 키퍼[7](Dream Keeper)라고 한단다. 저거 네 버스 아니니?"

할머니를 언제 다시 만날지 몰라 드림 키퍼가 뭔지 묻

7. 드림 키퍼 : 꿈을 지키는 사람.

고 싶었지만, 버스가 도착했다. 잠시 머뭇거리는 사이, 눈을 감은 할머니의 머리가 뒤로 젖혀졌다. 입술은 열려 있었다.

"안녕히 계세요. 다치지 않으셔서 다행이에요."

할머니는 대답이 없었다.

제프는 버스에 올라 교통 카드를 찍고 가장 가까운 빈 자리에 앉았다. 버스가 정류장으로부터 멀어졌을 때 제프는 뒤를 돌아봤다. 벤치는 비어 있었다.

정신없는 오후였다. 지하실에는 폴과 제프만 있는 게 아니었다. 폴의 동생 중 하나가 생일이어서 아이들로 북적거렸다. 아이들 몇은 고물 텔레비전만큼 낡은 비디오 게임을 했고, 몇은 드럼을 쳤고, 싸우는 아이들도 있었고, 탁구를 치기도 했다. 위층에서는 부모님들이 부엌 탁자에 앉아 차를 마시며 이야기를 나눴고, 개는 빵 부스러기를 핥았다. 뚱뚱하고 복스럽고, 멋진 개였다. 그리고 파티 음식이 산더미처럼 쌓여 있었다. 지하실 문을 열고 누군가 케이크와 샌드위치 접시를 가져다줄 것이다. 제프는 음식 냄새 때문에 속이 뒤집어질 것만 같았다. 제프는 콩깍지 모양 쿠션에 앉아 폴의 전쟁 만화책을 뒤적이고 있었지만 읽는 건 아니었다. 머릿속은 만화책 페이지에서 메뚜기처럼 폴짝 뛰어서 버스 정류장에서 할머니와 나누었던 얘기에 가 있었다.

더 물어봤어야 했다. 제프는 할머니가 한 말을 전부 기억해 내고 싶었다. 모래 늪에 빠진 아빠와 누나가 학교를 그만둔다는 게 떠올랐다. 올해 누나는 졸업반이다. 당연히 학교를 떠날 거다. 그런데 그게 왜 문제지? 그리고 모래 늪이라니! 제프가 아는 한 뉴질랜드에는 모래 늪이 없다. 다른 의미가 있나? 그냥 미친 사람 넋두리일까? 하지만 어떻게 제프리도 아닌 제프라는 이름과 가족의 이름을 다 알고 있는 거지? 제프가 숫자 9인 것은?

폴의 사촌 자크가 드럼을 치자 소음이 극에 달했다. 제프는 휴대 전화의 진동을 느꼈다. 제프가 언제 돌아오는지 묻는 엄마의 문자였다. 마침 집에 가려던 차에 엄마에게서 문자가 온 것이다. 제프는 위층으로 올라가 폴의 부모님에게 인사를 했다. 폴에게도 작별 인사를 한 뒤 제프는 기차역으로 향했다.

기차를 타고 가며 조용히, 조금 더 기억을 되살릴 생각이었다. 그러나 좀처럼 기억이 나지 않았다. 딱정벌레 같은 작은 눈이 떠올랐지만, 대화 내용은 다 재생되지 않았다. 짧은 대화여서 그랬나? 더 기억나는 건 없나? 메이지!

그렇게 말했다. 이름이 메이지라고.

여러 생각으로 혼란스러웠다. 버스 정류장에서 할머니를 만난 것에 대해 부모님에게 말하면, 아빠는 당장 경찰서에 전화부터 할 것이다. 그러면 모든 게 반복되겠지? 할머니는 미쳤는지는 몰라도 강도는 아니다. 그것만은 확실했다.

제프는 누나한테 말하기로 했다. 안드레아 누나는 믿어도 좋다. 기차에서 내려 버스로 갈아타고 언덕 아래 정류소에 내렸다. 버스 정류장에서 그 할머니를 다시 만날 수 있을까 해서였다. 하지만 정류장에는 부둥켜안고 있는 남녀가 있었고, 지저분한 개에게 말을 하고 있는 남자뿐이었다. 제프는 실망인지 안도인지 알 수 없는 기분이 되었다.

엄마와 아빠는 식탁에 의자를 나란히 붙이고 앉아 아빠의 노트북을 보려고 몸을 웅크리고 있었다. 엄마는 아빠의 머리에 손을 얹고, 엄지와 검지로 아빠의 귀를 아무 생각 없이 만지작거리고 있었다. 제프가 들어오자 둘은 노트북을 덮었다.

"누나랑 같이 있었니?"

"아뇨, 다니엘이랑 영화 보러 갔을걸요."

"휴대 전화도 안 가져갔어."

엄마가 팔짱을 끼며 말했다.

"충전해야 했겠죠."

제프는 토스터 옆 콘센트에 꽂혀 있는 누나 전화기를 가리켰다. 소용없었다. 엄마, 아빠는 서로 쳐다보더니 믿지 못하겠다는 듯 의심의 눈초리로 돌아봤다.

"누나는 열일곱 살이라고요. 다니엘 만나러 간다고 허락받을 나이는 아니잖아요."

제프는 누나를 돕고 싶었다.

"다니엘이 누나랑 연락하려고 여러 번 전화했어."

엄마가 차분히 말했다. 아빠도 빤히 제프를 보았다.

"우린 엄격하지도 않고 이해심이 있어. 너희들을 꼭두각시로 만들 생각은 없단다. 하지만 한집에 사는 동안에는 규칙에 따라야지. 어딜 가면 간다, 언제 오면 온다고 말해야지."

"쪽지 남겼는데요."

제프가 대꾸했다.

"너 말고. 안드레아 말이야."

엄마가 말했다.

"네 얘길 하자는 게 아냐. 그렇다는 거지. 너무 풀어 놨더니 베켓에게 생긴 일을 봐라. 같은 실수를 반복하고 싶지 않다. 이 집안에 동남아 감옥에서 썩고 있는 마약상 아들이 있는 걸 존스 씨가 알아봐라. 우리랑 같이 사업을 하겠니? 품격 있는 영국 신사에게 어디! 범죄자와 관련 있는 걸 알면 우리 가족 누구도 그분 땅끝에 발끝도 못 붙일걸."

아빠는 이렇게 말하고 엄마를 돌아봤다. 제프는 아무 말도 할 수 없었다. 아빠의 늙은 동업자는 베켓 형에 대해 모르는 게 분명했다. 엄마는 웃으며 말했다.

"그분이 공항에서 아빠에게 뭐라고 했게? 친자식은 아니어도 아빠가 아들 같다고 했어."

"혈육도 상속인도 없는 불쌍한 분이야."

아빠가 양손을 펼치며 말했다.

"어디 보자. 그러니까 처음 만난 게…… 말했지, 왜. 회계사 학회 때라고. 그는 브리즈번 메리어트 호텔에 묵고 있었어. 붐비는 사람 중에, 회색 양복을 입은 영국 신사가 눈에 들어왔지. 기품이 넘쳤어."

제프도 이미 여러 번 들은 이야기였다.

"함께 골프를 쳤죠."

"그건 시드니에서지."

아빠가 말했다.

"로즈만에 있는 로열 시드니 골프 클럽. 알지?"

제프가 고개를 끄덕였다. 화제가 안드레아 누나와 베켓 형에서 멀어진 것만으로도 마음이 놓였다. 제프는 재미있다는 듯이 몸을 구부리며 다가갔다.

"거기서 또 골프를 치실 건가요?"

"스탠턴 존스 씨는 영국으로 돌아가실 거야. 암에 걸렸거든."

엄마가 고개를 내저으며 말했다.

"이런!"

제프는 마음이 아팠다. 제프는 보츠와나에서 사냥하던 일이나 킬리만자로산을 등산하던 이야기를 재미있게 들려주던, 흰 눈썹과 주름진 눈을 가진 그를 좋아했다.

"다시는 못 만나요?"

"그분은 우리 삶 속에 영원히 살아 계실 거야."

아빠는 이렇게 말하면서 엄마에게 수상한 눈빛을 건넸다. 엄마가 고개를 끄덕이며 말했다.

"그럼요, 여보. 제프에게 알려줘요. 안드레아에겐 나중에 말해도 돼요."

아빠는 점잖다 못해 경건한 눈빛을 하고는 노트북을 열어 전원을 켰다.

"제프리, 너도 알아야 해. 우리 친구 스탠턴 씨가 결코 쉽지 않은 대단한 호의를 베풀었다. 결코 잊어선 안 될 일이지."

"우리 역시 자기에게 그랬다면서."

엄마가 아빠 팔에 손을 얹으며 말했다.

"그분이 그렇게 말했지."

아빠가 책 읽을 때 쓰는 안경을 집어 들었다.

"1957년, 스탠턴 존스 씨는 시드니 항구의 땅을 9만 파운드에 매입해 집을 지었다. 나도 가 봤지. 해안가에 있는 대규모 주택 단지야. 지금은 거의 6천만 달러를 호가하지. 어마어마하단다."

"그걸 아빠에게 줬어요?"

제프가 물었다.

"아니지. 우리에게 팔았어."

엄마가 웃으며 말했다. 아빠가 앞으로 나서며 말했다.

"잘 들어라, 제프리. 오스트레일리아에서는 자산을 팔 때 세금을 엄청나게 부과한단다. 표준 소득에 부과하는 만큼이나 커. 그는 두려울 게 없었지. 벌 만큼 벌고 세금도 낼 만큼 냈다. 충분할 만큼 말이야. 그는 부동산 개발업자에게 땅을 팔고 싶지 않았어. 돈을 많이 받지만, 세금도 많이 내야 하니까. 그러고는 그 아름다운 땅에 볼품없는 고층 콘도를 지을 테니까. 그래서 우리에게 150만 달러에 준 거란다."

"말도 안 되는 가격이지. 우리를 가족으로 생각한 거야."

엄마가 덧붙였다.

아빠는 노트북을 돌려 제프에게 사업 계획서 같은 것을 보여 주었다. 길옆 물가에 있는 L자 모양 대지에 우표처럼 보이는 건물이 있었다. 그 집 같았다.

"벌써 샀어요?"

"우리 집이야! 계약하고 등기도 마쳤다!"

아빠가 양팔을 크게 벌리며 말했다.

"합법적으로! 편법도 쓰지 않고."

엄마가 덧붙여 말했다. 제프가 노트북의 사업 계획서를 보았다. 좋지 않은 일이 생길 것 같았다. 제프는 곧바로 이게 아빠를 '모래 늪'에, 곤경에 빠뜨릴 거라고 생각했다.

"시드니로 이사 가는 건 아니죠?"

"아니. 하지만 몇 번 가 봐야 해. 근사하지?"

엄마가 제프에게 다가오며 말했다.

"그 집은 어떻게 하려고요? 세줄 거예요?"

"이제 생각해 봐야지."

엄마가 말했다. 제프가 하나씩 따져 물었다.

"팔려는 게 아니군요."

"물론 안 팔아."

아빠가 손뼉을 치며 대답했다.

"적어도 우리 친구이자 후원자가 살아 있는 동안엔."

그랬다. 부모님은 재산세를 내는 한이 있어도 고층 빌딩을 짓는 개발업자에게 팔아 돈을 벌 생각이었다. 그래서 아빠가 제프에게 '네가 돈을 세거나 돈이 널 위해 일하게 만들겠다'고 말한 것이다.

제프는 부모님이 자신이 기뻐하지 않는 데 실망한 것을 알았지만 마냥 기뻐할 수는 없었다. 제프는 불안정하고 급격한 변화, 예고 없는 변화를 싫어했다. 장면마다 놀라고 새로운 것을 마주치고 적응해야 하는 것은 공포영화와 다를 바 없지 않은가.

제프는 방으로 돌아왔다. 수학 숙제를 하려고 책장을 넘겼다. 인수 분해, 정다각형, 다각형, 각기둥의 면적과 부피 등을 구해야 했지만 도무지 집중이 안 됐다. 제프는 손으로 이마를 짚고 모든 문제가 사라지기를 기도했다. 문제가 많아도 너무 많다!

인간의 뇌는 1,000억 개의 세포로 이루어졌다는데, 누가 세어 보았는지 몰라도 놀랄 만한 일이다. 1,000억 개라니! 만약 세포 하나의 크기가 별이나 행성만 하다면 인간의 뇌는 우주 전체보다 더 클 것이다. 지금 이 순간 제프의 머릿속은 온통 뒤죽박죽이었다.

제프는 숫자를 보았다. 333 곱하기 3은 999. 문 여는 소리가 났다. 안드레아 누나다. 불쌍한 안드레아! 부엌에서 큰 소리가 들렸다.

"친구가 다니엘뿐인 줄 아세요?"

제프는 슬며시 웃었다. 부디 무사하길, 누나.

4

소수는 1과 자신 외의 다른 어떤 수로 나누어지지 않는 자연수를 말한다. 1과 다른 수로 나누어지는 자연수는 소수가 아닌 합성수다. 5는 소수이다. 1과 5로만 나뉘기 때문이다. 소수의 고유 성질을 소수성이라고 부른다. 소수는 2, 3, 5, 7, 11, 13, 17, 19, 23, 29, 31, 37, 41, 43, 47, 53, 59, 61, 67, 71, 73, 79, 83, 97, 101……. 소수는 많은 화가와 작가에게 영향을 미쳤다. 나사(미국 항공 우주국) 과학자이며 작가인 칼 세이건은 외계인과 대화할 때 소수를 사용할 수 있다고 말했다.

폭풍우가 지나간 자리에 청명한 가을이 찾아왔다. 맑고 따뜻했다. 마치 짓궂은 장난에 사과라도 하는 것 같았다. 에디 아저씨는 수영장을 말끔히 청소한 뒤 쿠션이 있는 안락의자를 꺼내 놓아 여행 책자에서나 볼 수 있는 정원을 완성했다. 수영장과 화분, 정면의 콘크리트 계단, 그 아래 반짝이는 바다가 지중해 어디쯤 같았다. 대문 옆 유칼립투스의 잘려 나간 톱자국조차 지난 폭풍우 사건에 대한 사과의 표시처럼 보였다. 아빠는 그날 밤길을 잃고 헤매던 치매 노인이 엄마와 누나가 집으로 돌아올 때 덜 닫힌 대문으로 들어왔을 거라고 생각했다. 달리 설명할 길이 없었다. 그 사건은 태즈먼을 건너온 행운에 가려졌다.

"다리 아래 물처럼 지나간 일이야. 내가 너무 과민했어. 지옥 같은 폭풍이었잖아."

아빠가 엄마의 어깨를 두드리며 말했다.

제프는 자전거로 지나치며 버스 정류장을 살피곤 했지만 그 할머니를 더는 볼 수 없었다. 제프는 누나에게 토요일에 있었던 일을 말했다. 누나는 놀라워하지 않았다.

"크게 다친 데가 없다니 다행이네."

그뿐이었다.

"우리 이름을 알더라니까."

"사람은 의식이 없어도 들을 수는 있어. 그 할머니 옆에서 우리끼리 이야기도 했고, 경찰관하고도 말했잖아. 여러 번 이름을 말했으니까."

그럴듯했다. 현실적인 누나는 가끔 말 한마디로 사람을 맥 빠지게 했다. 그러다 번뜩 떠올랐다.

"베켓! 형 이름도 알던걸. 형 얘긴 안 했잖아."

"아니야, 했어. 베켓 오빠 편지를 받았다고 너한테 속삭일 때, 그 할머니 위로 몸을 숙이고 있었잖아."

옳았다. 누나는 항상 정확했다. 제프는 팔짱을 끼고 입을 다물었다. 그리고 누나를 옆에서 쳐다보았다.

"누나, 혹시 학교를 그만둘 거야?"

"뭐?"

"자퇴할 거냐고."

"그러니까! 왜 그런 걸 물어?"

제프는 차마 그 할머니에게 들었다고 말할 수 없었다. 어쩌면 잘못 들은 것일 수도 있다.

"몰라, 그냥 궁금해서."

"짓궂긴! 왜 내가 학교를 그만둘 거라고 생각해? 난 올해의 장학생이라고, 알아?"

누나는 제프의 어깨에 손을 얹으며 물었다.

"배고프지 않아? 난 배고픈데. 차에 타. 중국 식당에 가게. 휙 다녀오자. 조련사들이 돌아오기 전에 말이야."

제프는 웃고 말았다. 만약 부모님이 시드니에서 살고 싶다고 결정한다면 자신은 누나랑 이 집에서 따로 사는 게 더 좋겠다고 생각했다.

제프는 만둣국에서 젓가락으로 낚시하듯 만두를 건져 냈다. 식당의 남자들이 누나를 힐끔거렸다. 기분이 으쓱하면서도 한편으로는 불쾌했다. 안드레아 누나는 닭고기와 캐슈너트를 먹었는데, 립스틱을 바른 입술 사이로 정확하게 캐슈너트를 집어넣었다.

"엄마, 아빠가 베켓 오빠 얘기 안 하시던?"

누나가 물었다.

"아니."

"엄마가 말씀하시더라고. 베켓 오빠가 뉴질랜드로 돌아오는 것 때문에 조마조마하신가 봐."

"왜?"

"사람들이 다 알게 될 테니까. 신문이며 텔레비전이며. 엄마, 아빠는 그게 두려우신 거야."

누나가 치킨을 집으며 말했다.

"그렇다고 우리가 베켓 오빠 만나러 가는 건 막지 못할 거야."

"난 못 가게 할걸."

제프는 미끄러운 만두를 젓가락으로 집으려고 애를 쓰며 투덜거렸다.

"어떻게든 해 보자. 베켓 오빠가 보고 싶지, 귀요미?"

제프는 고개를 끄덕였다.

"나도 그래. 기억나니? 오빠의 주머니 말이야. 낡은 카키색 재킷 속에는 우리한테 줄 선물들이 들어 있곤 했었잖아. 수정 조각, 녹색 솔방울, 상어 이빨 같은 놀라운 것들이었어. 조지 6세 1페니 동전은 아직도 가지고 있어.”

제프는 만두를 대접에 떨어뜨렸다.

“성냥갑 안에 있던 죽은 거미는 진짜 끔찍했어.”

“기억하는구나? 네 작은 머리가 떨어져 나갈 듯 비명을 질러 댔지. 불쌍한 귀요미! 아, 난 그때 일들이 모두 생생해! 베켓 오빠는 이 세상에서 가장 소중한 사람이야!”

잠시 침묵이 흘렀다. 제프는 누나의 눈가에 눈물이 맺힌 것을 보았다. 제프는 누나에게 기댔다.

“엄마, 아빠도 곧 받아들이실 거야, 누나. 시드니 일로 기분이 좋으시잖아. 베켓 형에게도 너그럽게 대해 주실 거야.”

“기대하지 말자!”

누나가 말했다. 종업원이 재스민차를 권하러 왔다가 누나의 얼굴에 비친 눈물을 보고는 그냥 돌아갔다. 제프는 누나에게 냅킨을 건넸다. 그리고 테이블부터 창문까지 휘둘러보았다.

퇴근 인파가 인도를 따라 두 방향으로 나뉘어 흘렀다. 오직 한 사람만이 정지해 있었다. 제프는 바로 그 사람을 알아보았다. 그 할머니다! 식당 앞에 쳐 놓은 차일 기둥에 기대선 채로 식당 안을 들여다보고 있었다! 다른 옷을 입고 이번에는 모자도 쓰지 않았지만 얼굴을 잘못 볼 리

없었다. 제프는 누나의 팔목을 잡았다.

"누나, 저기!"

누나도 할머니를 보았다. 몇 초 동안. 지나는 사람들에 가려 할머니가 보이지 않더니 곧 감쪽같이 사라졌다. 제프는 재차 확인하느라 자리에서 일어났다.

"맞지? 그 할머니 아니야?"

누나는 대답하지 않았다. 마치 자신의 눈을 믿지 못하겠다는 듯한 표정을 짓고 있었다. 누나의 얼굴은 손에 들고 있는 냅킨만큼 창백했다. 제프는 누나가 소리 없는 비명을 지르고 있다는 걸 알 수 있었다.

안드레아 누나가 전자레인지에 음식을 데우는 동안 제프는 식탁을 차렸다. 아빠와 엄마는 택배로 받을 예정이었던 어떤 서류 때문에 다투더니 결국 목소리를 높였다.

"당신 사무실로 보내게 했어야죠!"

엄마가 호통치듯 말했다.

"당연히 그렇지! 그렇게 했어! 스탠턴이 택배원한테 우리 집 주소를 준 거지. 그때 변호사도 없었고, 택배원이 우리 집에 못 들어오는 걸 몰랐겠지. 그러니까 당신이 집에서 기다렸다가 대문을 열어 줬어야지."

"택배원이 다녀갔다면 우편함에 안내문이 있었겠죠."

엄마는 의자를 홱 돌려 앉더니 아프가니스탄에서 큰 폭탄이 터졌다는 텔레비전 뉴스에 시선을 고정시켰다.

"당신이 집에 있어야 했다고!"

아빠가 주먹으로 탁자를 내려쳤다.

"여기, 이 집에! 알아들었어?"

"그만 해요, 윈스턴!"

엄마는 리모컨을 꽉 쥐고는 볼륨을 올렸다.

"퇴근해 오면 엄마도 없이 애들만 집에 있고. 저녁밥은 차려 주는지, 냉동실엔 피자랑 국수 따위만 뒹굴고! 도대체 어디서 뭘 하고 다니는 거야? 여행사에서 패키지 상품 파느라 바빴나?"

아빠가 목소리를 높였다.

"가끔이었어. 잔업이 있었다고!"

엄마가 대꾸했다.

"누가 일하래?"

"또 같은 말! 나도 같은 대답이야! 나는, 일을, 원해!"

아빠는 엄마의 손에서 리모컨을 빼앗아 들더니 텔레비전을 꺼 버렸다.

"여기서 해. 당신 집에서. 임원급 월급을 주지! 지금 월급의 두 배, 세 배!"

엄마가 깊은숨을 내쉬었다.

"여길 벗어나기 위해 일하는 거예요."

"그게 문제면 차라리 골프를 쳐. 내가 새 골프채를 사 주지."

아빠는 손을 머리 위로 올리며 마음을 가라앉혔다.

"내가 좋은 코치를 알아. 어울리다 보면 기분이 좋아질 거야, 헬렌. 그 코치한테 배우는 사람 중에 예닐곱은 이미 당신도 아는 사람일걸."

"도대체 몇 번이나 말해야 알아들어요! 나는 내 일이 좋아요!"

엄마가 소리쳤다.

결국 누나가 나섰다. 누나는 구운 캐슈너트가 담긴 그릇을 부모님 사이로 밀어 놓으며 말했다.

"당장 멈추지 않으면 제프와 이 집에서 나갈 거예요."

엄마와 아빠는 그 말을 대수롭지 않게 여겼지만, 말다툼은 끝났다. 아빠는 셔츠를 바지 속으로 밀어 넣으며 옷매무새를 가다듬었다. 엄마는 한 손에 캐슈너트를 잔뜩 집어 들더니 다른 손으로 텔레비전 리모컨을 찾아 들고 저녁 뉴스로 시선을 돌렸다.

"우편함이나 대문 아래에서 택배원 쪽지 못 봤니?"

아빠가 제프에게 물었다.

"아뇨!"

제프는 빨간 젓가락 두 벌을 식탁 매트 위에 단정히 놓았다.

"내일 오겠죠."

누나가 닭고기 덮밥 두 접시를 식탁 위에 올려놓았다.

"우린 시내에서 먹었어요. 엄마, 아빠 드세요."

"둘이서 시내에 갔었다고?"

아빠가 물었다.

"도서관 근처 중국 식당에요."

제프가 대답했다. 아빠가 엄마를 돌아보며 말했다.

"봤지? 내가 말한 게 이런 거야. 애들이 완전 통제 불능이잖아! 얼마나 배가 고팠으면 애들이 집에 왔다가 음식을 사 먹으러 다시 나가냐고!"

누나가 끼어들었다.

"아빠, 그냥 우리 생각해 줘서 고맙다. 사려 깊기도 하지, 안드레아! 이렇게 말하면 안 돼요?"

"항상 그렇게 생각한단다, 딸!"

아빠가 대답했다. 엄마는 일어나 텔레비전을 끄고 식탁 위 음식 접시만 챙겨 자신의 사무실로 들어가 버렸다.

"엄마 기분이 영 꽝인가 보구나."

아빠는 의자를 뒤로 쑥 빼고 앉더니 눈썹을 움직이며

누나와 제프를 돌아봤다.

누나 방은 제프의 방보다 컸다. 뿌루퉁한 입술 모양의 큰 안락의자가 두 개나 더 들어갈 정도다. 밝은 빨간색 의자는 푹 안긴 것처럼 편했다. 제프는 가끔 그 탐욕스러운 의자에 잡아먹히는 꿈을 꾸지만 말이다.

제프와 누나는 그 의자에 앉아 숙제를 했다. 누나는 사회 과목 에세이를 작성했고, 제프는 아이패드로 정치적 영향력이 있는 최근 환경 문제를 검색했다. 둘 다 말없이 숙제를 했다. 마침내 누나가 입을 열었다.

"부모님 일에 신경 쓰지 마."

"안 써."

"그럼 됐어. 발가락을 파고드는 발톱 때문에 괜히 혼자 아파할까 봐."

제프는 피식 웃었다. 실제로 제프는 엄지발톱이 발가락을 파고 들어가는 말린 발톱이었다.

"베켓 오빤 그걸 견딜 수 없어 했어. 난 다 기억해. 아빠만 그런 게 아냐. 두 분 다 심하게 통제했지."

누나가 말했다.

"원격 조종하듯."

제프가 피식 웃었다. 누나가 제프를 돌아봤다.

"내 말이. 저번에 학교 그만둘 거냐고 물어본 거, 내가 널 두고 어딜 갈 거라고 생각한 거야?"

제프는 대답하지 않았다.

"안 그래, 절대."

"사람은 변해. 항상 변하지."

"넌 내 귀염둥이야. 아기 의자에 앉은 네게 밥을 먹였고, 물에 뜨는 거며, 배치기 다이빙도 내가 가르쳤지. 넌 늘 '누나를 이만큼 사랑해.'라고 말했고."

누나가 양팔을 내밀어 보였다.

제프는 시내 수영장에서 형, 누나랑 함께 배치기 다이빙하며 놀던 것을 떠올렸다. 누나는 수영 킥보드 때문에 가슴을 다친다며 말리고는 했다.

"우린 아직도 서로를 이만큼 사랑하잖아."

누나는 양팔을 활짝 벌렸다.

"오빠도 이만큼. 우리 셋은 항상 이렇게 함께하자. 그러자!"

마음이 포근해졌다. 그러자 거북했던 배 속도 편안해졌다. 제프는 고개를 끄덕였다. 그러고는 광산업이 환경에 미치는 영향에 관한 글을 검색했다. 그러다 문득 제프가 물었다.

"누나, 그 할머니 맞지? 오늘, 식당 밖에 있던."

누나의 손이 키보드 위에서 멈췄다. 눈은 화면에 고정됐다.

"그랬을 수도. 그렇게 보이긴 했어."

누나가 자신 없이 말했다. 누나도 그 할머니에 대해 이상한 느낌을 받았던 게 분명했다.

윌슨 선생님은 '광산업에 위협받는 뉴질랜드 야생 달팽이'에 관한 제프의 숙제에 10점 만점에 8점을 주었다. 9점은 받을 줄 알았는데, 폴이 9점을 받고 제프는 그다음으로 좋은 점수를 받았다.

"아주 독창적이고 흥미로운 철자들이 많더구나."

윌슨 선생님이 말했다.

"친구들, 숙제는 연습용이 아니란다. 너희 숙제가 만약 이력서였다면 모두 실직자가 되어 실업 수당을 받아야 했을 거야. 기억해라. 다음 주에 스펠링 대회가 있다는 거. 그러니 이번 주엔 더 많은 숙제를 해야 할 거야!"

교실 여기저기에서 불만이 터져 나왔다.

"숙제 좀 한다고 죽진 않아. 오히려 재미있을걸."

윌슨 선생님이 교실을 둘러보았다.

"루드윅은?"

누군가 대답했다.

"자전거 타다 뼈가 부러졌어요."

"이런!"

윌슨 선생님의 얼굴에 안타까움이 스쳤다. 아이들은 누가 말해 주었는지를 찾으려고 서로 돌아봤다. 그러나 누군지 알 수 없었다.

"자전거를 타다 다쳤다? 그럼 어느 뼈가 부러졌을까?"

윌슨 선생님의 질문에 아이들 몇이 낄낄거렸다.

"기억 안 나? 우리, 뼈에 대해 배웠잖아?"

"다리뼈죠."

살로사가 용기 있게 대답했다.

"다리는 3개의 뼈로, 발은 52개의 뼈로 이루어졌지. 그 중 어느 뼈일까? 누가 말해 볼래? 제프리?"

제프는 대답하고 싶지 않았다. '경골' 또는 '종아리뼈'라고 말하려고 했지만 그러면 안 될 것 같았다. 대답해 버리면 윌슨 선생님은 토끼 쫓다 길 잃은 사냥개 꼴이 될 것이다. 제프는 선생님이 얼른 철자법 시험지나 나눠줬으면 좋겠다고 생각했다.

"루드윅의 어느 뼈가 부러졌는지 어떻게 알아요."

폴이 대답했다.

"추론 문제야, 폴. 인체는 260개 뼈로 구성되었다고 배웠으니 그중 아는 이름을 댈 수 있잖아?"

제프가 수줍게 손을 들었다.

"선생님, 갓 태어난 아기는 뼈가 270개인데요."

윌슨 선생님이 제프를 돌아봤다.

"270개가 맞는데, 몇몇 뼈가 서로 붙어 버려요. 그러니까 사실은 아기 때 완벽한 상태로 태어난 거지요."

"재미있는 얘기네! 더 얘기해 볼래, 제프리?"

제프는 대답할 수 없었다. 얼굴이 달아올랐고 엄한 볼펜 꼭지만 눌러 댔다. 볼펜 심이 나왔다 들어갔다를 반복했다. 2와 7. 그의 숫자 놀이에 따르면 갓난아기의 뼈는 9를 의미한다. 그걸 어떻게 설명할 수 있단 말인가?

집에 돌아오니 아무도 없고 에디 아저씨만 있었다. 에디 아저씨는 한쪽 담벼락을 따라 봄철에 피는 알뿌리 식물을 심어 놓고 수영장에 떠 있는 나뭇잎을 건지고 있었다. 해는 아직 높았고, 에디 아저씨의 이마에는 투명한 여드름처럼 땀방울이 송송 맺혀 있었다. 제프는 가구도 잘 만들고 차 수리도 잘하는 에디 아저씨가 왜 정원 관리사가 됐는지 궁금했다.

"어때, 꼬마? 학교엔 별일 없고?"

"괜찮은 것 같아요."

제프는 뭔가 더 말하고 싶었다.

"수영장이 멋져요. 내 말은, 아저씨가 관리를 잘해서 그렇다는 거예요."

"무슨 소용 있어. 아무도 쓰질 않는걸."

"가끔 써요. 폭풍 오기 이틀 전에도 수영한걸요."

에디 아저씨는 어깨를 으쓱해 보였다. 그러고는 물에서 뭔가를 꺼내려고 수영장 계단 아래로 내려갔다. 진갈색 딱정벌레였다. 에디 아저씨는 조심스레 선인장 정원에 있는 바위 위에 딱정벌레를 올려놓았다. 그리고 남은 나뭇잎을 마저 떠내기 위해 그물망을 집었다.

"모든 게 다 그래. 이 집은 네 사람이 살기엔 너무 커. 안 그래? 이 수영장은 아이들 스무 명이 수영하고도 남을 만큼 크지. 넌 4명이 살기에는 이 집이 너무 크다고 생각한 적 없어?"

"아뇨."

에디 아저씨는 제프의 대답에 생각이 필요한 듯 고개를 끄덕였다. 제프는 방에 가서 수영복으로 갈아입고 나왔다. 그러고는 콘크리트 바닥을 지나 수영장 안으로 활기차게 뛰어들었다.

차가웠다. 너무 차가웠다. 어찌나 차가운지 숨을 쉴 수 없었다. 제프는 에디 아저씨가 보는 앞에서 힘차게 자유형을 해 보였다.

"잘하네."

에디 아저씨가 말했다.

"팔과 다리를 동시에 움직여야지. 숨 쉴 때 물 밖으로 어깨가 나오지 않게 하고."

제프가 얼굴을 훔치듯 닦았다.

"네? 뭐라고요?"

"저항 말이야. 속도가 줄어들어. 몸을 똑바로 곧게 하고 팔을 아래로 하면서 회전하면 입이 물 밖으로 나오게 돼. 봐, 이렇게!"

에디 아저씨가 수영장 가장자리 콘크리트 바닥에 눕자, 거대한 바다사자처럼 보였다.

"이렇게 구부려. 알겠어? 어깨는 일직선을 유지하고, 속도를 잃으면 안 돼. 한번 해 봐."

제프는 따라 해 보았다. 그때 짙은 양복에 서류 가방을 든 아빠가 유리문을 지나 나타났다.

"뭐야?"

"안녕하세요, 로리머 씨."

에디 아저씨가 일어났다.

"아저씨가 호흡법을 가르쳐 주고 있었어요."

제프가 수영장 밖으로 나오며 타월로 몸을 감쌌다.

"제가 물 밖으로 어깨를 들어서 속도가 준대요."

아빠가 에디 아저씨에게 바짝 다가갔다.

"누가 우리 아들한테 수영 강습하라고 돈 줬어요? 제프, 얼른 안으로 들어가!"

제프는 두 사람을 지나 차가운 대리석 위로 물을 뚝뚝 흘리며 안으로 들어갔다. 샤워 꼭지를 틀고 뜨거운 물 아래 섰다. 여전히 팔은 가슴을 끌어안고 있었다. 숫자란 뭐지? 0에서 9까지의 정수들로 이루어진 수의 집합. 선은 뭐야? 너비 없는 길이지. 정사각형이 뭐였더라? 4개의 변이 같고 직각인 사각형. 제프는 몸을 부르르 떨고 샤워실 벽에 머리를 기대면서 웅얼거렸다.

"아빠가 싫어. 진짜 싫다고."

토요일 아침 제프는 책을 반납하기 위해 자전거를 타고 도서관에 갔다. 사람이 많았다. 카드놀이를 하거나 큰 활자체 소설을 보며 이야기를 나누는 할머니들과 할아버지들, 아장아장 걸어 다니며 책장에서 책을 잡아끄는 아이들 뒤를 쫓아다니는 엄마들, 신문 읽는 남자, 컴퓨터 앞에 몇 사람, 커피값에 불만인 여자, 탁자 위에 서 있는 아이를 나무라는 엄마 등등 많은 사람으로 붐볐다.

제프는 책에 잡혀 있는 단어보다 허공을 떠도는 단어가 더 많을 거라고 생각했다. 책을 반납하고, 제프는 다른 책을 더 빌릴까 망설였다. 그때 귀에서 친숙한 아픔이 느껴졌다. 압력. 제프는 재빨리 돌아봤다.

그렇지. 철학과 심리학 책장 사이의 좁은 통로에 할머니가 있었다. 분홍색 스카프에 짙은 색 패딩 재킷, 털실로 짠 모자를 쓰고 나무로 된 지팡이에 손을 포갠 채 기대서 있었다. 할머니는 뭔지 모를 미소를 띠며 제프를 보았다. 할머니의 눈동자는 또렷하고 흔들림이 없었다.

제프는 본능적으로 돌아보지 말고 문밖으로 나가자고 외쳤지만 다리가 꼼짝도 하지 않았다. 속으로 초를 세기 시작했다. 1초, 2초, 3초, 4초…….

할머니는 제프가 도망치지 못할 것을 안다는 듯한 표정이었다. 제프는 천천히 할머니에게로 걸어갔다. 사람들 사이를 지나, 할머니의 입 주위가 튼 게 보일 만큼 가까이 다가갔다.

"잘 지냈니, 제프?"

할머니가 인사를 건넸다.

"네, 좋아요. 잘 지내셨어요?"

"어떤 답을 원하니? 솔직한, 아니면 의례적인 답?"

할머니는 얼굴을 쑥 내밀었다. 장난기가 가득한 눈이었다.

"솔직한 답이죠."

"여길 얼른 뜨고 싶을 뿐이야. 몸이라고 부르는 이 감옥도 질색이야. 진짜 메이지도 이 몸뚱이를 얼른 떠나고 싶어 했지. 떠날 때가 되면 누구든 신이 나지. 언덕 아래로 달려 내려가는 아이처럼 집에 가고 싶은 거야. 아무 대가도 바라지 않고 메이지가 이 몸을 나한테 빌려줬단다. 가질 수밖에 없었지. 그게 내 일이니까. 좀 앉을까?"

"예, 예."

제프는 미처 할머니를 배려하지 못한 것을 깨닫고 천을 씌운 의자를 잡아당겼다. 할머니는 무릎 사이에 지팡이를 놓고 그 위로 손을 포개어 얹고 한숨을 쉬었다. 할머니의 머리카락은 모자 끝에 매달린 솜털처럼 보였고, 보라색 털실 위를 떠도는 부유물처럼도 보였다.

"도대체 뭐 하시는 분이세요?"

제프가 조심스럽게 물었다.

"말했잖니. 드림 키퍼라고."

제프는 드림 키퍼가 둥근 모양으로 짠 직물에 구슬과 깃털로 장식해서 침대 머리맡에 걸어놓는 드림캐처와 비슷한 것인지 궁금했다. 에디 아저씨는 미국 친구에게서 선물 받은 드림캐처가 있었다.

“전 꿈을 자주 꾸지 않거든요.”

제프가 웃으며 말했다.

“넘버 나인, 넌 이미 꿈속에 살고 있는걸. 모든 사람이 다 그래. 인생이 꿈이지. 죽어야 깨는 꿈. 나 역시 꿈속에 있고. 솔직히 난 얼른 이 꿈에서 깨고 싶다. 이 늙은 몸뚱이는 지독한 악몽이거든. 오늘 아침에는 꼼짝없이 욕조에 갇혀 있었어. 팔다리가 꼼짝하지 않아서 말이야.”

“그게 무슨 말이에요?”

“늙으면 죽어야 한다고. 넌 멀쩡한 손과 발이 있으니까 욕조 가장자리를 잡고 일어날 수 있지. 물론 미끄러지지도 않을 테고. 하지만 네가 노인이 되면 그런 생각조차 할 수 없게 돼.”

“죄송해요. 제 말은 꿈속에 사는 게 인생이라는 말이 무슨 뜻인지 모르겠다는 거예요.”

할머니가 지팡이로 카펫을 두드렸다.

“그건 네가 어디로 가는지를 알기엔 너무 어리고, 어디에서 왔는지를 기억하기엔 너무 나이가 들었기 때문이야. 어떻게 해야 알아들을까? 네 몸에 정신이 깃들어 있는 걸 너는 인생이라고 부르는데, 그게 사실은 꿈이라는 소리다. 다섯 가지 감각, 즉 시각, 청각, 후각, 미각, 촉각을 몸으로 느끼고 그걸 통해 정보를 얻지. 나머지는 모두 잊고."

"잊는다고요?"

제프는 혼란스러웠다.

"지금은 이해하기 힘들겠지만, 내 말을 잘 명심해 둬. 네가 살기 위해 필요할 때가 있을 거니까. 불변하는 것들에 관한 거란다."

"수학 말이에요? 그건 안 변해요."

"아!"

할머니의 눈이 반짝 빛났다.

"그래 한순간 숫자에 이르기도 하지. 거의 기억하지 못하지만. 인생이라는 꿈은 출생이라는 잠과, 죽음이라는 깨어남 사이에 있단다. 더 큰 실체는 널 둘러싸고 있는 지금의 모든 것들이지. 하지만 무뎌진 감각 때문에 다 느낄 수가 없는 거야."

"더 큰 실체가 뭐예요?"

제프가 둘러보니 사람들이 지켜보고 있었다.

"우주 말이에요?"

"똑똑도 하지! 하지만 우주가 아니라는 건 너도 알잖니. 그건 네 감각이 생산하는 거란다. 더 큰 실체라! 어떻게 설명하면 좋을까? 정신의 영역에 관해 말하고 있는 거야. 네게는 아마도 그게 빛을 의미하겠지."

"빛?"

"그래, 빛."

할머니는 부러진 치아를 드러내며 활짝 웃었다.

"너 자신을 들여다보렴, 제프. 넌 빛에서 왔고, 아직 그 빛을 기억하고 있을 거야. 깊이 살펴보면 찾을 수 있어. 그걸 찾아내 붙잡아. 중력처럼 확실하게. 변화 속에서 그게 필요할 거야. 곧 네가 어떻게 해야 할지 알게 될 거다."

변화. 제프는 그 단어에 숨이 막히는 두려움을 느꼈다. 이미 큰 변화가 닥치는 걸 느꼈다. 그것은 지난주 폭풍우 전에 검은 구름이 달려드는 것과 같았다.

"걱정 말아라, 넘버 나인. 이건 너와 네 가족이 선택한 길의 일부분일 뿐이야. 결과는 모두에게 좋을 거야."

할머니는 제프의 속마음을 읽은 듯했다.

"저는 할머니의 진짜 이름도 모르는데, 할머니는 어떻게 우리 가족에 대해 아세요?"

제프가 할머니를 보며 물었다.

"메이지라니까."

할머니가 대꾸했다.

"메이지 할머니, 수학에 관해 뭔가를 말씀하려고 했죠?"

"내가 그랬어?"

"예, 아까 할머니가……."

"몰라. 기억 안 나."

메이지 할머니는 손을 내저으며 말했다.

"뇌도 늙어 빠져서. 신경 접합부가 멈춰 버렸어."

"뇌세포가 1,000억 개나 되는걸요."

제프가 말했다.

"작동해야 말이지. 10만 개든 1,000억 개든 무슨 소용이 있어? 더 큰 실체가 숫자를 삼켜 버리는데, 여기나 거기나 똑같아. 아, 피곤해. 그만 가 보렴."

메이지 할머니는 그렇게 말하고는 눈을 감았다. 제프는 잠시 더 기다렸으나 할머니가 더 이상 눈을 뜨지 않자 세 걸음 뒤로 물러서 뒤돌아 도서관을 나왔다.

집으로 가는 언덕길에서 제프는 잠시 항구를 내려다보았다. 눈부신 태양이 비치는 바다는 거대한 빛의 연못 같았다. 할머니가 말한 빛이 저런 걸까? 그런 시시한 건 아닐 거라고 생각했다. 분명 어떤 의미가 있을 텐데, 그걸 알지 못하니 답답했다.

제프가 언덕 꼭대기 집에 도착해 보니, 한 남자가 대문 앞에 서 있었다. 인터폰을 누르려는 것 같았다. 그는 은발에 코밑에 회색 수염이 있었다. 무릎이 찢어지고 가슴팍에 페인트가 묻은 파란 작업복을 입고 있었다.

"누굴 찾으세요?"

제프가 물었다.

"로리머 씨 부부."

"안 계세요."

"역시 그랬군. 다섯 번도 넘게 벨을 눌렀거든. 이 집에 사니?"

제프가 고개를 끄덕였다.

"아들이에요. 제프 로리머."

남자는 손을 내밀었다.

"만나서 반갑다. 나는 헨리 소런슨, 새 정원사란다."

5

지각의 두께는 일정치 않다. 해양 지각은 더 얇고, 대륙 지각은 더 두껍다. 내핵과 지각은 고체이고, 외핵과 맨틀은 반유동체이다. 지각은 지표 아래로 40킬로미터까지이며, 상부 맨틀은 40~400킬로미터까지이다. 하부 맨틀은 650~2,700킬로미터로 상부와 하부 맨틀의 경계점도 400~650킬로미터에 이른다. D층[8]은 2,700~2,890킬로미터까지이며, 그 아래 외핵은 2,890~5,150킬로미터까지이다. 내핵의 깊이는 5,150~6,378킬로미터이다. 지표, 지각, 상부 맨틀, 하부 맨틀, D층, 외핵, 내핵의 7개 층은 뚜렷한 화학적, 지질학적 특성이 있다.

누나는 집에 없었다. 제프에게 영화 보러 가자더니 종일 집을 비웠다. 아빠는 사무실을 지키고 있고, 엄마는 오랫동안 알고 지냈던 동창생 둘과 슈퍼에 들렀다가 커피를 마시고 돌아왔다. 집에 도착한 엄마는 자동차에서 식료품을 내려 정리하면서 짧게 말했다.

"에디는 정원사로 적당하지 않았어."

엄마가 냉동식품을 쌓아 올리며 말했다.

8. D층 : 하부 맨틀과 핵 사이의 부분. 약 2,900킬로미터 깊이에 있음.

"아뇨, 에디 아저씨는 정원에 관해 모르는 게 없어요. 아저씨가 잘못한 게 뭔지 한 가지라도 말해 주세요."

"말싸움하고 싶지 않다. 누나한테 충분히 들었어. 아빠 결정이야. 아빠는 소런슨 씨가 더 유능하다고 생각해."

"어떤 면에서요?"

"조원술[9] 전문가래. 그만 골내고 세탁실로 이것들 좀 옮길래?"

제프는 세탁용 가루 세제 두 봉지를 집 뒤쪽 세탁실로 옮겨 선반에 올려놓았다. 유리문을 통해 선인장 정원과 수영장 한쪽이 보였다. 세탁실에서 부엌까지 21걸음 걸어야 하는 거리를 19걸음 만에 갔다.

"아빠는 에디 아저씨를 싫어해요. 그건 에디 아저씨 잘못이 아니에요."

엄마는 제프를 돌아보지도 않고 말했다.

"바보같이!"

"맞잖아요. 아빠가 동성애 혐오자라서 그런 거잖아요."

엄마가 냉장고 문을 닫으며 말했다.

"제프리! 역겹구나. 대체 어디서 그런 말을 들은 거야? 아빠한테 그대로 전한다?"

"그러세요. 신경도 안 써요."

9. 조원술 : 정원이나 공원을 아름답게 꾸미는 기술.

"그만. 한마디만 더 해 봐!"

조리대 위 바구니에 사과를 넣으며 엄마가 말했다.

"말투가 거슬리는구나. 방에 가 있어라."

"그럴 수 없어요. 크리켓 하러 가야 해요."

화가 나자, 용기를 낼 수 있었다. 제프는 바구니에서 사과 한 알을 꺼내, 크리켓 공도 씹어 먹을 수 있는 티타늄 이를 가진 것처럼 힘차게 베어 물었다.

"크리켓 못 가."

"잉글스 선생님이 꼭 오라고 했어요, 엄마."

"선생님께 네가 외출 금지 중이라고 전화할게. 운동장에서 공이나 때리며 노는 것보다 가족이 먼저야."

제프는 화가 끓어오르는 것을 느꼈다. 방 안에 있는 물건들을 모조리 집어 던져 부숴 버리고 싶은 생각으로 손바닥이 달아올랐다. 제프는 꽉 쥔 주먹을 주머니에 넣었다.

"운동장에서 공이나 때리며 노는 게 아니라, 크리켓이에요! 한 번이라도 경기장에 와서 경기하는 걸 봤다면 그렇게 말하지 않았을 거예요."

"제프리, 한마디만 더 하면, 다음 토요일도 외출 금지다. 더는 말하고 싶지 않다. 방으로 가."

엄마가 손과 팔을 쭉 뻗어 방을 가리키는 모습이 어딘지 우스꽝스러웠다. 화가 나지 않았다면 소리 내어 웃었을 것이다.

제프는 갈 곳이 없었으므로 방으로 들어갔다. 침대에 얼굴을 묻고 누웠다. 베개에 뜨거운 숨이 배었다. 누난 왜 집에 없는 거야? 약속해 놓고. 영화가 문제가 아니잖아. 영화는 언제, 어디서나 볼 수 있어. 함께 헤쳐 나가자고 하더니. 누나는 '우리가 전부'라고 말했었다. 진심이었을까?

숨을 고르고 나니 화가 조금 가라앉았는데, 그 자리에 무력감과 슬픔이 차올랐다. 에디 아저씨는 가 버렸다. 등 뒤와 천장 사이 어디쯤에 수영장에서 딱정벌레를 건져내던 정원사의 모습이 보였다. 아주 선명했다. 에디 아저씨는 부드럽게 오므린 두툼한 손바닥 위에서 작은 다리를 비비는 벌레를 선인장 정원으로 가져가, 마르고 평평한 돌 위에 손바닥을 기울여 미끄러져 내려가도록 했다. 벌레는 뒤집어졌다. 뒤집어진 벌레의 두 날개가 엘리베이터 문처럼 갈라졌다. 집으로 돌아가려는 듯 두 날개를 펼쳤다.

제프는 눈을 끔뻑였다. 다른 기억에서는 짙은 양복을 입은 거대한 아빠가 뜰을 가로질러 가면서 에디 아저씨에게 소리치고 있었다. 아빠와 에디 아저씨를 뒤로하고 집으로 뛰어가는 자신의 모습도 보였다. 에디 아저씨의 마지막 날, 무슨 일이 있었던 것이다. 아빠가 에디 아저씨에게 뭐라고 말했을까? 이것이 할머니가 말한 변화일까? 제프는 침대 모서리에 앉아 다리를 흔들었다.

메이지인지 뭔지 하는 할머니가 제프에게 큰 변화가 생길 거라고 말했다. 제프는 짜릿한 전기 충격을 느꼈다. 그 말에 대답을 들은 것 같았다.

그 할머니에 관한 것은 어디까지가 진짜인지 알기 어렵다. 대체로 메이지 할머니는 자기 머릿속 미로 어딘가를 헤매고 있는 것처럼 보였다. 그곳에서 문장을 분석하고 어떤 식으로든 다시 조합시켰다. 엄마의 왕고모 할머니랑 비슷한 데가 있었다. 왕고모 할머니는 사다리 발판이 모두 떨어져 나간 것처럼 보이는 멍한 눈으로 사람들을 보곤 했다. 그러다 문득 돌아보고는 간밤 럭비 시범 경기의 점수를 물었다. 메이지 할머니는 조금 달랐다. 왕고모 할머니 로즈의 말은 대부분 비현실적이고 가끔 현실적이다. 메이지 할머니는 세 가지 상태로 나뉜다. 비현실적일 때, 현실적일 때 그리고 제프에게 영향을 가장 많이 미치지만 논리적이지 않을 때다. 제프가 알고 있다고 여겼지만 완전히 잊고 있었던 어떤 것들처럼 말이다.

제프는 누나에게 도서관에서 할머니와 나눈 이야기도 하고 싶었다. 누나와 당장 통화하고 싶었다. 다시 전화를 걸어 봤지만 여전히 전원이 꺼져 있어 음성 메시지도 남길 수 없었다. 대신 문자를 보냈다.

'에디 아저씨 해고된 거 알아?'

문자를 보내고 나서야 제프는 누나가 벌써 알고 있겠구나 생각했다. 누구보다 집안 돌아가는 사정에 빠른 누나다. 반면 제프는 메이지 할머니가 어떤 이유로 자신에게 접근했는지에 대해서는 알고 싶은 것이 꽤 많았으나, 에디 아저씨에 관해서는 별로 입에 담고 싶지 않았다.

할머니가 접근한 이유를 알려면 할머니에 대해서 알아야 하고, 광기 속에 숨은 의도를 찾아야 한다. 그러려면 치매에 대해 더 알아봐야 할 것 같았다. 제프는 책상에 앉아 컴퓨터를 켰다. 부팅이 거의 됐을 때, 가볍게 문을 두드리는 소리가 나더니 엄마가 들어왔다.

"크리켓 하러 가도 좋아."

제프는 의자를 빙 돌려 앉았다. 엄마가 잉글스 선생님과 통화를 했을 것이고, 전원 1시까지 클럽에 모이라고 했을 게 확실했다. 제프는 '내가 그랬잖아요!'라고 하려다 더는 모험을 하고 싶지 않았다. 엄마는 아직 화가 나 있었다.

엄마는 침대 가장자리에 앉았다.

"제프리, 네 생각처럼 어른들이 바보가 아니란다. 난

네 나이 때의 아이들을 잘 알지만 너희는 우리를 모르잖니."

제프는 대답하지 않았다.

"아빠 결정이 옳다고 생각해서 엄마가 동의한 거야. 우리 둘이 결정한 거야, 너나 정원사 에디가 아니라. 존중해 주었으면 해."

"알겠어요. 그게 다예요?"

"아니."

엄마가 손을 무릎 사이에 끼었다.

"더 있어. 다음 달에 형이 뉴질랜드로 돌아온대. 아마 오클랜드 감옥에 수감될 거야. 정확한 이송 날짜는 모르지만 모든 신문이며 텔레비전 뉴스 같은 매체들이 일제히 떠들어 대겠지."

"형이 오는 게 기쁘지 않아요?"

"물론 기쁘지. 여기가 더 안전할 테니까. 하지만 사람들 질문에 어떻게 대답할지 준비는 하고 있어야 해. 사람들이 알게 되겠지만, 신의 가호가 있다면 우리 가족인 줄은 모를 거야. 로리머라는 성을 가진 사람이 한둘이 아니잖아."

제프는 기다렸다.

"제프리, 누가 물었을 때, 베켓 형이 가족이 아니라고 말해도 거짓말하는 건 아니란다."

"하지만 엄마, 형이잖아요."

"우리는 충분히 기회를 줬어. 그때마다 우리를 저버린 건 형이야. 아빠는 형이 죄를 지어 손해 배상이 청구되었을 때조차도 형을 믿었다. 그런데 또 다른 거짓말에 거짓말! 코카인은 가방이 아니라 형 허리에 끈으로 묶여 있었어. 시작한 지도 오래되었고. 실망에 또 실망. 범죄자 친구들. 벌금 체납. 마약과 법률 위반으로 체포. 우리는 그런 자식이라면 연을 끊을 수도 있다고 생각했어. 내 말은 네가 형을 가족이 아니라도 말해도 잘못이 아니라는 뜻이야."

누나가 어떤 이유로든 부모님이 통제하게 두면 안 된다고 했던 말이 맴돌았다. 제프는 네 살 때, 풍선을 무서워하던 자신을 안아 준 형의 손길을 기억했다.

"가 봐야 해요. 잉글스 선생님이 기다리실 거예요."

제프는 그만 자리에서 일어섰다.

그날 밤 제프는 누나에게 도서관에서 할머니와 만났던 일을 말했다. 누나는 꿈꾸는 듯한 눈으로 옷장을 정리하며 듣더니 문득 물었다.

"겁나지 않던?"

제프는 잠시 생각하고 대답했다.

"별로."

"좀 이상한 할머니 같아. 만약 조금이라도 위험을 느끼면 누군가에게 꼭 말해야 해."

"아직 그런 적은 없지만, 그런 일이 생기면 그럴게."

"내 말뜻 알지, 귀요미. 그 할머니가 계속 널 귀찮게 하면 엄마나 아빠한테 말해야 해."

누나는 옷걸이를 흔들며 말했다. 제프는 누나가 이 문제에 대해 이야기하는 걸 불편해한다는 생각이 들어서 화제를 돌렸다.

"영화관에 가자고 하더니."

"크리켓 경기에 갈 줄 알았지."

"종일 하는 게 아니잖아, 누나."

"다음에 가자, 응? 미안해. 좀 복잡했어. 다음에 꼭 영화 보러 가자. 약속할게. 그리고 에디 아저씨 일은 안타깝게 됐어. 네가 아저씨를 좋아했는데."

제프가 고개를 끄덕이자, 누나는 제프의 어깨에 손을 얹으며 말했다.

"에디 아저씨는 금방 다른 일을 구할 거야. 그게 더 나아. 내 말은, 아빠 밑에 있는 것보다 낫다는 뜻이야."

그 말에 제프는 미소 지으며 누나를 바라보았다. 누나의 눈 속에 웃음이 번졌다.

"그런데 마음이 불편해. 이게 다 나 때문인 거 같아. 아빠가 에디 아저씨랑 얘기하지 말랬는데 내가 했거든."

제프가 고개를 떨구며 말했다.

"아니, 아니! 그건 아니야."

누나가 고개를 내저었다.

"네 탓이 아냐. 아빠 결정이지. 아빠가 무식한 거야. 에디 아저씨는 동성애자이지 소아 성애자가 아닌데. 걱정 마. 에디 아저씨가 해고당한 거랑 너랑은 상관없어."

"이런 일이 생겨서 너무 괴로워."

누나는 대답이 없었다. 누나는 잠시 더 제프의 곁에 앉아 있다가 일어서며 말했다.

"그만 가야겠다. 숙제가 있어."

그러나 몇 분 후 제프가 누나 방을 지나면서 보니 누나는 헤드폰을 끼고 컴퓨터로 뮤직비디오를 보고 있었다. 누나는 혼자 있고 싶었던 것이다.

저녁밥을 먹는 내내 침묵이 흘렀다. 엄마는 저녁으로 스파게티 볼로네즈를 요리했고, 계피를 얹은 사과 케이크를 해동시켜 내놨다. 제프만 맛있다고 말했다. 아빠는 제프에게 크리켓 경기가 어땠는지 묻지도 않았다. 누나는 반 정도만 먹고 접시를 물리더니 방으로 가 버렸다.

초저녁이었는데 태양이 다른 세상으로 빛을 몰고 가자, 황혼이 거대한 공허를 가지고 그 자리를 메웠다. 메이지 할머니가 말한 빛. 빛은 제프에게 의미가 있었다. 하지만 어떤 의미일까?

후식을 먹은 뒤 아빠는 광을 낸 대리석 바닥을 식탁 의자로 긁으며 뒤로 물렸다.

"월요일 아침 일찍 비행기를 탈 거야."

아빠가 엄마에게 말했다.

"그날 돌아와요?"

엄마가 물었다.

"물론. 차는 공항에 주차해 놓고 갈 거야. 그만 일어설게."

아빠는 자리에서 일어나 의자를 제자리에 돌려놓고 사무실이 있는 아래층 홀로 내려갔다. 엄마는 접시들을 치우면서 제프를 힐끗 보며 말했다.

"시드니!"

"뭐가 잘못됐어요?"

제프가 물었다.

"아니, 전혀. 등기 이전 등록을 하는데, 약간 늦어질 뿐이야. 그걸 빨리 해결하려고 가시는 거야."

"이메일이나 전화로 안 되나요?"

"네 아빠를 알잖아. 뭐든 직접 해야 하잖니. 시드니 집을 직접 보고 기쁨을 만끽하고 싶은 거지. 새집 열쇠를 주머니에 넣어서 돌아올 거다."

엄마가 웃으며 말했다. 누나는 접시 치우는 걸 도우러 왔다. 누나가 접시를 치우려고 하자, 엄마가 손을 잡으며 막았다.

"내가 할게. 너흰 영화나 보렴."

제프가 누나를 향해 제발, 제발, 하는 몸짓을 하며 기댔다. 누나가 웃으며 알았다는 뜻으로 고개를 끄덕였다. 둘은 아빠 사무실 옆에 있는 영화관으로 갔다.

둘은 비디오들을 죽 둘러보았다. 제프에게 선택권이 주어졌다. 제프는 영화 〈인셉션〉을 집었다. 그 영화는 〈매트릭스〉와 함께 제프가 가장 좋아하는 영화다. 벌써 세 번째지만 볼 때마다 놀랍고 설득력 있게 비밀을 드러낸다. 뇌 속에서 경험의 층을 통과해 이동할 수 있다는 관점이 좋았다. 한 단계를 통과하면 또 다른 단계가 있고, 다시 실체로 돌아오는 것이다. 그러나 이런 일이 실제에서도 일어날지는 모르겠다.

아빠가 옆방에서 일하는 중이라 소리를 낮게 줄여야 했다. 하지만 이미 내용을 알고 있기 때문에 소리는 상관없다. 둘은 나란히 붙어 있는 가죽 소파에 늘어져 있었고, 누나는 팔을 제프의 어깨에 올려놓았다. 제프는 누나의 머리카락이 자신의 턱에 닿도록 머리를 기대고 영화를 보았다. 이 순간이 영원히 멈췄으면 했다.

며칠째 제프는 방과 후 엄마 차를 타고 집에 가려고 아르고넛 여행사로 갔다. 그러던 어느 월요일이었다. 사무실 여직원들은 제프가 의자에 앉아 잡지를 보든 뭘 하든 신경 쓰지 않았다. 제프는 직원이나 다를 바 없었다. 그때 옆에서 기다리던 한 남녀가 제프에게 어디로 여행 갈 계획이냐고 물었다.

"집으로요."

제프가 대답했다. 그리고 엄지로 엄마를 가리켰다.

"우리 엄마예요."

제프는 일하는 엄마가 자랑스러웠다. 엄마는 우아했고, 눈가에 주름을 지으며 고객들에게 환하게 웃어 주었다.

엄마 뒤쪽으로 걸려 있는 포스터에는 푸른 하늘을 배경으로 흰 건물이 있었다. 아테네의 판테온 신전이다. 판테온 신전이 기원전 438년경에 완성됐으며 길이 69.5미터, 폭 31미터라는 것을 여러 번 보아 이미 알고 있었다. 사무실에는 다른 풍경 사진도 있었다. 그리 오래되지 않은 빌딩들, 꼭대기에 눈 쌓인 산, 푸른 바다 위 하얀 배들. 구름이나 비는 볼 수 없다. 사람들은 사진이 거짓말을 안 한다고 말하지만 사실이 아니다. 사진은 항상 거짓말을 한다. 영화처럼 대부분이 거짓이다.

제프 옆에 앉아 있던 부부는 엄마 옆자리 직원 앞으로 갔다. 엄마는 자신의 책상 앞에 앉아 있는 남자에게 줄 티켓과 여행에 필요한 자료들을 챙겨 서류 봉투에 넣고 있었다. 엄마는 일어나 손님과 악수를 했다. 남자가 제프를 지나 문밖으로 나가자, 엄마는 컴퓨터를 껐다.

얼굴에서 미소가 사라지면서 평소처럼 제프의 엄마로 돌아왔다. 엄마는 재킷을 걸치고 자동차 열쇠를 흔들어 보였다. 제프는 엄마를 따라 건물 뒤 주차장으로 가서 엄마가 차 문을 열 때를 기다렸다.

"아빠한테 연락 왔어요?"

"전화 왔지."

제프는 조수석에 앉아 발밑에 가방을 놓았다.

"전 시드니에서 사는 거 싫어요."

"무슨 소리야. 누가 거기서 산대?"

엄마가 백미러를 조절하고 주차장에서 후진해 나갔다. 제프가 엄마를 보며 물었다.

“아니면 아빠가 시드니에 가실 이유가 없잖아요?”

“아냐. 몇 가지 있었어.”

“뭣 때문에요?”

“큰일은 아니고, 소소하게 처리할 서류 문제가 있었어.”

엄마는 자동차를 획 돌려 도로로 진입했다.

“지금 처리 중이실 거야.”

“언제 돌아오세요?”

“늦게. 기다리지 마. 오늘 저녁 식사는 사서 들어가자. 골라 봐. 중국 음식? 태국 음식? 카레는 어때? 너 로간조쉬[10] 좋아하잖아, 그렇지?”

제프는 대답하지 않았다. 엄마가 태국라고 말했을 때, 제프의 머릿속은 온통 태국에서 돌아올 형 생각으로 가득했다. 엄마가 형을 가족이 아니라고 말해도 된다고 했던 말이 떠올랐다. 엄마와 아빠는 형의 웃음소리나 모든 재주를 잊은 것일까? 형은 밀가루가 가득 든 봉투를 누나에게 터뜨려 놓고는, 마치 전화를 받는 것처럼 “안녕하세요, 시체 안치소입니다.”라고 말하곤 했지 않는가.

10. 로간조쉬 : 고기에 토마토소스를 친 남아시아 요리.

그럼 엄마는 "오, 맙소사. 베켓!" 하면서 마른행주로 형을 찰싹 때리지 않았던가. 그 사람이 누구인지 잊은 걸까? 아빠는 형을 자랑스러워하지 않았나. "우리 아들은 통상 무역 박사 학위를 받을 거야."라고 말하곤 했지만, 그건 말도 안 되는 이야기였다. 형은 학사 공부 중이었고, 나중에 대학교에서 제적되자 다른 전공을 택하기로 했었다.

"로간조쉬와 망고 라씨로 하자."

엄마 말에 제프가 고개를 끄덕였다. 엄마는 판매원이다. 진실을 두고 거짓말을 하는 아르고넛 여행사 포스터 같다. 사람들이 상품을 사게 하려면 어쩔 수 없는 것이다.

그날 밤 제프는 치매(dementia)에 관해 찾아보았고, 그 단어가 옛날에는 '마음이 떠난(de-mentia)' 상태를 뜻했다는 것을 알게 됐다. 알츠하이머라고도 하며 뇌 손상, 감염, 심장 발작, 뇌의 혈액 부족 등이 원인이 되어 전 연령에 나타날 수 있다.

증상에 대해서도 살펴보니, 길고 숱이 적은 머리가락과 무표정한 눈을 가진 왕고모 할머니 로즈의 증상과 같았다. 로즈 할머니는 기억을 잘 못하고, 간단한 일 처리나 익숙한 일도 스스로 하지 못했다. 때와 장소를 혼동하고, 병원을 옛날에 다녔던 학교로 여겼다. 거울 속 자신을 보고 손님이라고 생각했다. 그래서 왕고모 할머니 로즈와 대화를 나누기란 여간 어려운 일이 아니었다. 목에는 안경을 걸고 있었는데, 가끔 줄을 뺀 안경을 냉장고에 넣곤 했다. 여왕에게 받은 목걸이를 금고에 보관해야 하기 때문이라고 했다. 기사를 읽으면 읽을수록 로즈 할머니의 기억이 생생하게 살아났다. 제프는 활기가 없고 넋이 빠진 눈동자, 삐뚤게 바른 립스틱 그리고 제프를 두고 입을 떨며 "의사 선생님 아들이유?" 하고 묻던 것이 떠올랐다.

제프는 치매에 관한 이런저런 논문들을 읽었다. 그 논문들은 한때 재능 있는 가수이자 음악 선생이었던 나이 든 친척 할머니와 깊은 관련이 있었다. 하지만 메이지 할머니와는 관계가 없어 보였다. 제프는 자신의 인생에 뛰어들어 온 이 할머니를 어떻게 불러야 할지조차도 모르는 것처럼, 미쳤는지 아닌지조차 확인할 만한 어떤 정보도 찾을 수 없었다. 조현병, 편집증, 조울증, 알츠하이머 등 외국 음식 이름같이 어려운 용어들이 치매 관련 사이트를 가득 메우고 있었다. 모두 뇌 안에서 일어나는 현상이었다. 증상과 치료법이 함께 나와 있었는데 어떤 것도 메이지 할머니와 관련이 있어 보이지 않았다.

제프가 불을 껐을 때는 늦은 밤이었다. 잠든 지 몇 분이나 지났을까. 부엌에서 아빠 목소리가 들려왔다. 집에 돌아온 아빠가 또다시 엄마와 다투고 있었다. 아빠의 말소리가 파도를 타고 높이 출렁댔고, 엄마의 말은 한없이 잔잔했다. 정확한 내용은 알 수 없었지만 짐작 가는 게 있었다. 형이 뉴질랜드로 돌아와 뉴스거리가 되기 전에 시드니로 이사하고 싶은 게 뻔했다. 절망이란 단어가 머릿속에 가득 찼다. 정확한 상황은 몰랐지만 베개에 대고 큰소리로 외쳤다.

"차라리 내가 죽고 말지."

6

소리는 물이나 공기를 통과하는 연속 파동이다. 청각은 일정한 주파수로 제한된다. 인간의 청각은 보통 주파수 20헤르츠(Hz)에서 2만 헤르츠 사이이며, 나이가 들어감에 따라 점차 낮아진다. 각각의 종은 저마다의 주파수를 가지고 있으며, 많은 종이 소리를 생성하는 특별한 기관을 가지고 있다. 소리는 진공 상태에서는 전달되지 않는다.

시드니로 이사하는 건 아니었다. 언쟁은 다른 것 때문이었다. 제프가 알지 못하는 다른 일 때문에 아빠는 몹시 흥분해 있었다. 늦게 들어온 다음 날도 일찍부터 부엌에 앉아 전화하거나 이메일을 확인하고 이유 없이 엄마에게 소리치고는 했다. 아빠는 잠시도 가만히 앉아 있지 못했다. 팔을 버둥거리고 다리를 떠는 게 마치 누군가 아빠를 끈으로 조정하는 것처럼 부자연스러워 보였다.

"그 사람 못 잡아?"

엄마가 식탁에 시리얼을 놓으며 말했다.

"못 해! 몇 번을 말해? 그 사람 건강에 장거리 여행은 무리여서 단거리 비행으로 돌아가는 중일 거야. 다윈, 싱가포르, 홍콩, 로마, 베를린, 런던을 거쳐 쉬엄쉬엄 가고 있는 거라고."

"전화는 받을 수 있잖아."

엄마가 쏘아붙였다.

"빌어먹을 전화기가 꺼져 있다고! 좋게 말할 게 아니면, 입 좀 다물어."

엄마 입술이 일자로 다물어졌다. 동작도 느려졌다. 그릇을 유유히 제자리에 놓고 그 옆에 오렌지 주스를 한 잔씩 따르더니 제프에게 누나를 깨워 오라고 말했다.

누나는 벌써 일어나 옷을 갈아입었지만 아직 잠이 덜 깬 상태였다. 흐트러진 머리카락이 얼굴을 덮고 있었고, 눈 아래에 다크서클이 거뭇했다. 누나는 투덜거렸다.

"전쟁 통에서 자고 난 기분이야."

"시드니 때문이야. 뭐가 잘못됐나 봐."

"뭐래? 모르는 척해. 저 기분을 어떻게 맞추냐?"

누나가 머리빗을 집어 들었다.

"아침 먹으래."

"배 안 고파."

"학교에 늦을 텐데."

"큰일이네."

"누나, 아침은 먹어야지."

"제발 저리 좀 가! 꼭 아빠 같아. 이래라, 저래라!"

누나는 거울로 제프를 돌아보더니 갑자기 표정이 변했다. 달려와 제프를 다정하게 안았다.

"이러려던 게 아닌데, 내 귀요미."

제프는 누나 팔에 안겨 몸을 웅크렸다.

"알아."

"넌 아빠처럼은 안 될 거야. 절대! 좋아, 내려가서 오렌지 주스라도 마실게."

선생님 나이는 결코 알 수 없지만, 선생님의 생일인 것만은 확실했다. 폴에 따르면, 여자는 자기 나이를 절대 밝히지 않는다고 했다. 선생님도 자신이 100살이 된 뒤로는 나이를 세지 않았다고 했다. 그래서 클라이브 피셔를 제외한 아이들 모두가 웃었다. 피셔는 진지하게 선생님이 과장한 것이라고 꼬집었다.

아이들은 금박을 입힌 뚜껑이 있는 볼펜을 사서 선생님의 이름을 새기려고 돈을 모았다. 살로사 아버지가 운영하는 가게에서 이름을 새겼는데, 아이들은 선생님 이름을 정확하게 몰라 볼펜에 '웰스 선생님'이라고 성만 새겼다. 학교에서 쓰기에는 적당했다. 피터는 카드에 모든 학생에게 높은 점수를 주도록 만들어진 펜이라고 썼고, 아이들 모두가 서명했다. 모두 윌슨 선생님이 너무 기쁜 나머지 역사 숙제에 좋은 점수를 줄 거라고 믿었다.

"우리 엄마가 학교 다닐 땐 작은 잉크병을 놓는 구멍이 책상에 있었단다. 그리고 학생들은 펜촉이 있는 펜에 잉크를 찍어서 썼지."

아이들 모두 선생님이 다음에 무슨 말을 할지 알았다.

"볼펜이 언제 발명됐나요, 윌슨 선생님?"

살로사가 먼저 물었다.

"1940년대쯤일걸."

선생님이 답했다.

"하지만 학생들은 쓸 수 없었어. 선생님들은 아이들 글씨가 엉망이 될 거라고 생각했거든. 볼펜이 글씨체를 망친다! 이런 슬로건이 있었다고 하더라."

"스마트폰은요?"

누군가 묻자, 윌슨 선생님이 싱긋 웃었다.

"그 답은 너희들에게 맡길게. 모두 역사책 갖고 있지? 73쪽을 펼쳐……"

선생님 말이 끝나기도 전에, 피터가 재빨리 손을 들었다.

"볼펜은 대기권 밖에서는 쓸 수 없다는 게 사실인가요,

윌슨 선생님?"

"그렇단다, 피터. 첫 우주 비행사들이 무중력 상태에서는 볼펜을 쓸 수 없다는 사실을 알아냈지. 그래서 무슨 일이 생겼는지 아니?"

모두 알았다. 이미 들었던 것이다.

"미국 항공 우주국(NASA) 과학자들은 수십억 달러를 들여 10년을 연구해서 어떤 상태에서도 쓸 수 있는 볼펜을 만들어 냈단다. 뒤집어져도, 수중에서, 무중력 상태에서, 어떤 온도에서도 그리고 유리를 포함한 어떤 표면에도 쓸 수 있는 볼펜을 말이야."

그들은 결정적 한마디를 기다리며 침을 삼켰다.

"그런데 러시아에서는 어떻게 했게? 러시아 우주비행사는 그냥 연필을 사용했어!"

제프를 제외한 모두가 예정대로 웃었다. 그것은 사실 우스운 이야기가 아니라 인류 발명사에 관한 비평이었다.

폴이 수업을 마치고 자기네 집 지하실에서 합주를 하자고 했다. 제프는 가고 싶었지만 집안일이 걱정돼 갈 수 없었다. 아빠와 떨어져 있고 싶었지만 아빠의 성난 목소리를 들어야만 집안 돌아가는 사정을 알 수 있었다. 제프는 고맙지만 다음 날 보자고 말하고 아르고넛 여행사로 향했다.

화요일은 엄마가 야근을 하기 때문에 대개는 버스를 타고 집에 갔다. 그러나 오늘은 나쁜 기운이 가득한 집에 서둘러 돌아가고 싶지는 않았다. 더구나 집에는 에디 아저씨 대신 일하는 낯선 사람이 있을 터였다. 많은 게 변했다. 제프는 엄마가 야근으로 바쁘더라도 집에 무슨 일이 생기고 있는지 말해 줄 틈은 있을 거라고 생각했다.

화창한 오후의 부둣가를 일부러 걸었다. 이유가 있었다. 제프는 사람들이 많은 곳에 가면 할머니를 다시 만나지 않을까 싶었다. 물가에는 앉을 곳들이 있었고, 나이 든 사람들이 자주 그곳에 앉아 보트를 보며 일광욕을 즐기곤 했다. 메이지 할머니를 만날 법한 적절한 상황이었다.

제프는 부두에 바짝 붙여 세워 놓은 예인선 세 척을 지나고, 카페리인 '도미니언 포스트' 호를 지나고, 식당을 지나 어슬렁거렸다. 그리고 주위를 둘러보았다. 사진을 찍는 동양인 관광객 무리와 2인용 자전거를 타는 연인들, 아이들과 부모들, 롤러스케이트를 타는 아이들이 있었다. 메이지 할머니는 없었다.

제프는 시카 극장까지 가서 오른쪽으로 돌아 바다를 벗어났다. 거기서부터는 엄마 사무실이 있는 시내로 접어들었다. 제프는 스스로에게 물었다. 무슨 근거로 메이지 할머니가 부둣가에 있는 자신을 찾아낼 거라고 생각한 거지? 버스 정류장이나 식당, 도서관이라면 몰라도. 오, 그래? 싸울 것 같은 목소리로 물었다. 어떻게 그걸 아냐고? 답할 수 없었다.

여행사 앞에 도착했을 때는 2,327걸음째였다. 빨간 머리의 젊은 여자가 엄마 자리에 앉아 있었다.

"네가 제프리구나? 안녕! 난 에밀리아야. 엄마는 편두통 때문에 점심 때 조퇴하셨어. 내가 대신 일을 보고 있단다."

여자가 웃으며 말했다.

'편두통? 머리가 아프신 건가?'

제프는 뒤로 물러나며 꾸벅 인사를 했다.

"감사합니다."

"나도 종종 심한 편두통을 앓곤 해. 엄마에게 찬물 샤워가 도움이 될 거라고 전해 주렴. 얼른 나으시라고."

엄마는 집에서 냉동고를 청소하고 있었다. 아빠는 사

무실에 있고, 바깥에는 콧수염이 있는 회색 머리 남자가 장미와 허브 정원을 가르는 낮은 울타리를 손질하고 있었다.

"뒤죽박죽이야. 아빠가 해결하겠지."

엄마가 말했다. 제프가 초콜릿 우유를 따랐다.

"뭐가 복잡한데요?"

"몰라. 아빠도 모르는 것 같아. 하나하나 다시 확인하는 중이야. 시드니 집을 잃을 수도 있는 상황이래."

"계약이 잘못된 거예요?"

제프는 자세를 고쳐 앉았다. 사실은 그 소식이 반가웠지만 아닌 척했다.

"그럼 시드니 집이 없어진 거예요?"

엄마는 초콜릿 우유를 냉장고에 도로 집어넣었다.

"그럴 수도 있대. 집도 없고, 서류도 없고."

제프가 우유를 들이켰다. 맛이 정말 좋았다.

"아빠가 화날 만하네요."

"세상이 끝난 건 아니잖아. 다른 곳에 투자하겠지."

엄마는 냉장고 문을 닫았다.

"스탠턴 존스 씨 변호사를 고발하려고 아빠는 온종일 사무실에 틀어박혀 있어. 셔츠에 초콜릿 우유 묻었다."

"기뻐요."

제프가 말했다.

"뭐가?"

"시드니 일이오. 전 잘됐다고 생각해요."

"아빠 앞에선 그런 말 하지 마라."

엄마가 주의를 주었다.

"누나도 웰링턴을 떠나 멀리 이사 가고 싶지 않대요."

"난 이사한다고 한 적 없는데."

"계약이 성사됐다면요. 스탠턴 씨는 우리 가족이 전부 그 집에 살 거라고 했어요. 직접 말해 줬어요."

"그건 투자였어. 이젠 아무것도 아닌 게 됐지만. 문제는 그게 아니야."

엄마가 제프의 앞쪽 조리대에 앉아 몸을 내밀며 말했다.

"제프리, 난 네가 누나와 많은 이야기를 나누는 줄 안다. 혹 다니엘에 대해 말하던?"

제프는 엄마가 뭘 알고 싶어 하는지 알았다.

"가끔요."

제프는 어깨를 으쓱해 보였다.

"다니엘은 누나가 학교 숙제로 항상 바쁜 줄 알더라."

잔 옆에 놓인 제프의 손이 떨렸다.

"학교 숙제로 바쁜 거 맞아요. 내년에 법대 가려면 좋은 점수를 받아야 하잖아요. 항상 공부해요."

"말도 안 돼. 요즘 외출이 잦은데, 다니엘을 만나러 나간 게 아니었어. 누굴 만나는지 알지?"

제프는 모른다는 뜻으로 머리를 내저었다. 엄마가 잠시 제프를 바라보더니 의자에서 일어났다.

"뭐라도 알게 되면 엄마한테 말해 줘, 그럴 거지?"

제프는 애써 웃어 보였고, 통했다. 엄마는 손으로 이마를 짚으며 말했다.

"그래도 이 집에 기댈 사람이 하나는 있구나."

제프는 윌슨 선생님의 역사 숙제를 하기 위해 주기율표[11]를 완성한 드미트리 멘델레예프를 주제로 정했다. 제프는 세상의 순서를 정리한 이 사람보다 더 중요한 건 세상에 없다고 여겼다. 주기율표는 과학자에게는 경전 같은 것이다. 컴퓨터로 몇 가지 정보를 더 찾을 수 있었다.

멘델레예프는 1834년 시베리아 출생으로 1907년 사망했다. 노년에 턱수염을 기르고 책상에 앉아 찍은 사진도 찾았다. 제프는 자신이 우주 비행선 안을 둥둥 떠다니

11. 주기율표 : 모든 원소를 원자 번호와 원소의 화학적 특성에 따라 나열한 표.

고, 연필로 주기율표를 정리하고, 격자 모양 표에 자신이 아는 65가지 분자를 배열하는 상상을 했다. 분자는 상승 원자량에 따라 자리가 정해진다. 주기율표가 잘못된 추론으로 구성되었다는 것은 문제가 되지 않았다. 멘델레예프가 살았던 때에는 전자의 존재가 아직 발견되지 않았다. 사람들은 당시만 해도 원자가 가장 작은 입자라고 생각했다. 새로운 요소를 발견하고 제대로 바로 잡는 데까지 꼬박 44년이 걸렸다. 멘델레예프를 시작으로 사람들은 화학을 숫자로 인식하기 시작했다. 제프는 이런 내용을 모두 수첩에 적고 펜을 내려놓았다. 제프는 2B 연필로 덧붙여 적었다. '우주는 숫자로 이루어져 있다.'

이미 어두워졌는데도 아빠와 누나는 집에 오지 않았다. 엄마와 제프는 라자냐를 전자레인지에 데워 말없이 나눠 먹었다. 엄마는 식사하는 동안 여행 잡지를 읽었다. 집은 쥐 죽은 듯 조용했다. 그때 전화벨이 울리자 엄마와 제프 둘 다 벌떡 일어섰다. 폴이 전화로 제프에게 하소연했다.

"야, 나 어제 안 해 간 수학 때문에 골치야. 분수랑 백분율은 알겠는데 1차 함수는 어떻게 풀어야 해? 비례 관계 그래프는? 너 다 했어?"

제프는 폴이 뭔가 걱정이 있을 때면 그렇듯 지저분한 머리카락을 쥐어뜯고 있는 모습이 눈에 선했다.

"다 했지. 어렵지 않아."

"우리 집에 좀 올래? 아빠가 널 데려올 수도 있고, 네가 괜찮다면 여기서 자도 좋아. 그럴래?"

구조, 구출, 도망! 이런 단어가 순간 머리를 스쳤다.

"그러고 싶지만 엄마한테 여쭤봐야 해."

제프는 자신을 보고 있는 엄마 눈치를 살폈다.

"우리 엄마랑 통화해 봐."

엄마는 폴의 부모님과 통화한 뒤 승낙해 주었다. 내일 아침에 폴과 함께 학교에 가도 된다고 했다. 제프는 16개의 계단을 바람처럼 뛰어올라 방으로 가서 잠옷, 깨끗한 셔츠, 속옷, 책들을 챙겼다.

아빠가 곧 집에 올 것이고, 그러면 다시 시작될 터였다. 누나도 곧 돌아올 것이다.

"미안, 누나."

제프는 누나의 빈방에 대고 말했다. 그러나 집에 남아 있고 싶을 만큼 미안하지는 않았다. 제프는 현관으로 나 있는 복도를 따라 뛰었다. 밖에서 폴의 아빠, 피츠기봉 씨가 기다리고 있었다.

폴의 집은 항상 소란스러웠다. 네 살 이사벨라는 도서관 파티에 가서 호랑이처럼 페이스 페인팅을 하고 왔다. 이사벨라는 얼굴의 페인팅을 씻고 싶지 않아 소리를 질러댔고, 이사벨라의 언니는 베개를 엉망으로 해 놨다고 소리쳤다. 폴의 엄마가 싸우는 것보다 베갯잇을 세탁하는 게 낫지 않겠냐고 말했고, 사태는 진정됐다.

제프는 폴의 엄마가 페루나 볼리비아 출신일 거라고 생각했다. 검고 긴 머리에 둥근 얼굴, 작은 키에다 가끔 아이들을 스페인어로 혼을 냈다.

피츠기봉 집안의 소음은 농장의 소음처럼 듣기 좋았다. 그러나 제프가 폴의 수학 숙제를 도와줄 만한 조용한 곳을 찾기가 쉽지 않았다. 숙제는 오래 걸리지 않았다. 폴은 영리해서 단번에 문제를 이해했고, 20분 안에 숙제를 모두 마쳤다. 폴은 숙제 종이를 책가방에 아무렇게나 던져 넣고, 제프와 함께 지하실로 내려가서 키보드와 드럼을 쳤다.

8시 30분에 폴의 아빠가 내려와 야식이 준비됐다고 말했다. 폴의 집에서는 간단한 야식을 먹는 게 일상이었다. 제프의 엄마는 잠자기 전에는 음식을 먹으면 안 된다고 말했다. 음식을 소화하는 데 에너지가 필요해서 악몽이나 불면증을 일으킨다는 것이다. 폴의 엄마는 생각이 달랐다. 적당한 음식을 먹어야 숙면할 수 있다고 말했다. 배부른 위장은 천국을 꿈꾸는 행복한 위장이라는 것이다.

어쨌든 폴의 엄마가 준비한 음식은 항상 맛있다. 오늘 밤은 치즈와 토마토를 얹어 구운 토스트였다. 라자냐 대신일 것이다. 제프와 6명의 피츠기봉 식구들이 식탁에 둘러앉았고, 식탁 아래에는 모피용 진공청소기를 닮은 개가 있었다. 제프도 꼭 이렇게 생긴 개를 갖고 싶었다. 제프는 식탁 아래로 개에게 음식을 먹이며 손가락까지 핥게 두었다.

"형이 집에 돌아오니 기쁘겠구나."

뜬금없이 폴의 아빠가 말했다.

제프는 마음을 진정시켰다.

"네? 뭐라고요?"

"베켓이 오클랜드로 돌아온다며. 정부가 협상을 제대로 했더군. 베켓이 돌아오면 가족 모두 한걱정 덜겠지. 안전하고 건강할 테니 말이다."

"6시 뉴스에 나왔어."

폴이 제프의 넋 나간 표정을 보며 덧붙였다.

"그랬어?"

제프는 토스트를 접시에 내려놓으며 물었다.

"언제 온다고 해요?"

"곧. 날짜를 말했나?"

폴의 아빠는 아내를 바라보며 물었다.

"날짜는 못 들었네. 엄마, 아빠가 좋아하시겠구나. 라 파밀리아 에스 또도."

폴의 엄마가 제프에게 말했다.

"가족이 전부지."

폴이 통역해 주었다.

제프의 마음속 기쁨이 입까지 퍼지자, 식탁에 있던 모든 사람에게로 번졌다. 제프는 형과 헤어져 지낸 3년 2개월 5일 동안 날이면 날마다 형을 그리워했다. 이제 형이 오는 게 확실하다. 엄마와 아빠, 누나도 뉴스를 보았을 것이다.

제프는 얼마나 기뻤던지 폴의 식구들을 안아 주고 싶었다. 성난 호랑이라도 안을 수 있을 것 같았다.

"맞아요. 전부지요."

제프가 말했다.

7

빛은 전자파다. 진공 상태에서 빛의 속도는 C로 표시한다. 신속하고 빠르다는 뜻을 가진 라틴어 셀레리타스(celeritas)에서 온 말이다. 우주 불변이다. 그 값은 1초당 2억 9,979만 2,458미터이다. 태양 광선이 지구에 도달하는 시간은 8분 20초이고, 은하수를 횡단하는 데는 10만 년이 걸린다.

형에 관한 뉴스는 다음 날 아침 신문에도 보도됐다. 제프가 아직 폴의 집에 있을 때, 텔레비전에서 엄마, 아빠와 인터뷰하려는 사람들이 굳게 닫힌 대문 앞에 모여 있는 장면이 보도됐다.

"우린 할 말이 없어요. 아무것도 없어요. 당신들이 말하는 그 사람은 더 이상 우리 가족이 아닙니다."

아빠가 대문 빗장에 대고 외쳤다.

제프는 학교를 마치고 돌아와 아침에 일어난 모든 일을 누나에게서 전해 들었다. 누나는 울었다. 제프는 누나 방을 둘러봤다. 서랍은 열려 있고, 침대는 정리되지 않은 채 엉망이었다. '고래를 죽여 플랑크톤을 살리자'라고 적힌, 누나가 좋아하는 티셔츠가 네트볼 장비와 함께 바닥에 뒹굴고 있었다.

"학교에 안 갔네."

"어떻게 가. 못 갔어."

누나는 침대 위에 앉았다.

"네가 여기 없었던 게 천만다행이야, 귀요미. 최악이었어. 아빠만이 아니야. 엄마도. 뉴스가 보도될 때 난 베켓 오빠를 만나러 오클랜드에 가겠다고 했어. 그러자 두 분이 폭발하셨지. 난 이제 어린애가 아니라고 다시 말했어."

누나는 침대 시트를 끌어다 눈물을 닦았다.

"엄마가 그러시더라. 내가 이 집에 살고 비싼 학비를 부모님이 내주시는 한 자기들 말에 따라야 한다고. 이보다 나쁠 순 없어. 아빠도 내가 베켓 오빠를 만나러 간다면 이 집에 다시는 못 돌아올 줄 알라고 하더라."

제프는 누나 옆에 앉았다. 심장이 쿵 떨어지는 것 같고, 숨을 쉴 수 없었다.

"어쩌려고?"

누나는 제프의 어깨에 손을 얹었다.

"미안, 귀요미. 떠나야 해. 이 집을 떠날 거야. 어차피 내년에는 작은 방 하나를 얻어 나갈 생각이었거든. 지금 나갈 거야. 하지만 모든 게 변해도 넌 볼 거야."

제프는 너무 두려워 한마디도 할 수 없었다. 누나는 가

출할 작정이었다. 제프는 문 뒤에 싸 놓은 두 개의 여행 가방을 바라보았다. 제프만 두고 가려는 것이다.

“선던에 있는 아파트에 있을게. 마크라는 친구가 빌린 거야.”

제프는 머리를 흔들었다.

“남자 친구 이름 말하지 마. 엄마, 아빠가 물어볼 게 뻔해.”

누나가 물끄러미 제프를 바라보았다.

“어떻게 알았어?”

“그냥 알아. 그런데 고등학생이야, 대학생이야?”

제프가 누나를 빤히 바라보며 묻자, 누나가 소리 내어 웃었다.

“마크는 서른두 살이야.”

제프는 아무 말도 할 수 없었다. 숫자가 머리에 들어왔고, 환산됐다. 이름은 7이고 나이는 5다.

“귀요미 내 동생. 가까운 데 있을게. 날마다 보러 오고. 약속해. 문자도 하고, 수업 마치면 함께 초콜릿 가게도 가자. 맥도날드에서 햄버거도 먹고, 베켓 오빠 편지도 가져올게.”

제프가 여행 가방을 흘깃 돌아봤다.

“언제 떠나?”

"오늘. 지금. 엄마, 아빠가 돌아오기 전에. 넌 괜찮을 거야. 넌 착한 아들이고, 부모님은 널 좋아해."

"부모님은 누나도 좋아해."

"내가 말을 잘 들을 때만 그렇지. 내가 집을 나가면 베켓 오빠처럼 대할걸. 도망쳐야 해. 나 자신을 되찾을 거야. 직업도 구하고. 오, 부디 이해해 줘. 널 버리는 게 아니야."

제프는 우리가 뭉쳐야 한다고 했던 말이며, 학교며, 법대에 가려는 계획은 어떻게 되는 거냐고 묻고 싶었다. 그러나 말은 목구멍에 들러붙어 나오지 않고 가슴속으로 움츠러들었다.

누나는 일어서서 화장품들을 파우치에 넣었다.

"그 할머니 다시 만났어?"

누나가 물었다. 제프는 고개를 저었다.

"엄마한테는 내가 말했어."

"누나!"

"엄마한테만. 아빠한텐 아냐, 귀요미. 말해야만 했어. 미신 따위 안 믿지만 그 할머니 영 찜찜해. 불길해. 나무 아래에 쓰러져 있는 그 할머니를 발견한 뒤로 우리 가족에게 무슨 일이 생겼는지 보라고. 아빠는 부동산 사기를 당하고, 에디 아저씨는 해고되고, 베켓 오빠는 태국에서 오는 중이고, 난 집을 나가게 됐잖아. 중세였다면 그 할머니를 마녀라고 불렀을 거야."

제프는 한 단어가 목에 툭 걸렸다.

"부동산 사기?"

"몰랐구나? 그 대단한 스탠턴 존스 뭔가가 튀었어. 아빠 돈을 영영 찾을 수 없게 됐다고. 제대로 말한 적은 없지만……. 오늘 오후에 아빠가 경찰에 고소장을 접수했어."

"안 돼!"

믿을 수 없었다. 은발에 정갈한 회색 양복을 걸친 그 친절하고 호의적이던 아저씨가! 그 아저씨가 그럴 수가!

"어떻게 되는 거야?"

누나는 잘 모르겠다는 듯 어깨를 으쓱했다.

"알게 되면 나한테도 알려 줘. 차에 가방 옮기는 것 좀 도와줄래? 고마워, 귀요미. 부모님이 오시기 전에 가야 해서."

누나로 인한 언쟁은 클 수밖에 없었다. 부모님은 둘 다 누나가 진짜 가출한 데 놀랐다. 아빠가 아이패드를 들고 소파에 앉으며 말했다.

"일주일 안에 돌아올 거야. 장담하지."
그러고는 이메일을 확인했다.
"남자애랑 같이 나간 것 같아."
엄마가 말했다.
"애가 아니에요."
제프는 엄마를 등지고 서서 말했다.
"어른이에요. 마크라고."
"누구라고? 마크? 어디 사는데?"
"몰라요."
"뭔가 알고 있구나. 뭐 하는 사람인데?"
"모른다니까요."
제프가 소리쳤다. 아빠가 아이패드를 들고 일어섰다.
"도대체 어떻게! 이 집엔 털끝만큼이라도 생각이 있는 사람이 살긴 하는 거야? 한 명이라도 우리가 어떤 처지인지 알긴 하는 거냐고!"
아빠 얼굴이 벌겋게 달아올랐다.
"감사라고는 쥐똥만큼도 모르는 가족을 위해 뼈 빠지게 일했었군."
아빠는 엄마를 노려보고는 사무실로 성큼성큼 걸음을 옮겼다. 엄마가 아빠의 뒤에 대고 말했다.
"오, 신의 가호로 임신만은 피할 수 있기를. 할 수 있는 건 기도뿐이야."

제프는 숙제가 있다며 재빨리 말하고 일어섰다. 그러나 뜻대로 되지 않았다. 엄마가 제프를 따라와 방문에 버티고 섰다.

"넌 이 집에서 내가 믿는 유일한 사람이야."

제프는 아무 말도 하지 않았다. 컴퓨터를 켜자 윙윙거렸다.

"그 이야기 들었다. 폭풍우 치던 날 쓰러져 있던 그 부랑자. 그 할머니 말이야."

"부랑자가 아니에요. 그 할머니는 임대 아파트 같은 데 살아요."

제프가 퉁명스럽게 말했다.

"어디 있는?"

"몰라요."

"똑똑한 네가 그걸 몰라? 그런 거야, 제프리? 왜 그 할머니가 널 따라다닌다고 말하지 않았니?"

제프는 화가 났다는 걸 보여 주려 했다.

"절 따라다닌 게 아니에요. 제가 할머니를 도서관에서 본 거예요."

엄마는 꿈쩍하지 않았다.

"다른 때는? 다른 때도 있었잖아, 그렇지? 할머니가

네게 뭐라던?"

잡아뗄 수 없었다. 벌써 누나가 다 말한 것이다. 제프는 엄마를 돌아다보았다.

"할머니는 내가 쿠션이랑 담요를 가져다줘서 고맙다고 했어요. 엄마도 아시잖아요. 할머니가 나무 옆에 누워 있었을 때요."

"그리고 또?"

"그게 다예요."

한편으로는 그게 사실이다.

"할머니는 불안정했어요. 나이도 많고, 로즈 왕고모 할머니처럼 치매도 있고."

"다시 만나면 꼭 내게 말해야 한다. 알겠니?"

엄마가 다짐을 받으려는 듯 검지를 세워 보이며 말했다.

"네."

"그리고 누나 주소 알게 되면, 그것도 말해 줘야 해."

엄마는 뒤돌아 가다 말고 다시 돌아보았다.

"세 아이가 차례로 말썽을 일으키니, 얼마나 속상한지 말로 다 할 수가 없다."

제프는 한동안 드미트리 멘델레예프 사진이 바탕 화면으로 깔린 컴퓨터 화면을 바라보았다. 그 할머니가 했던 말이 떠올랐다. 아빠는 모래 함정, 엄마는 벼랑, 누나는 학교를 떠난다고 했다. 그 말들로 마음이 버겁게 차올랐다. 메이지 할머니는 때가 되면 다 알게 된다고 했다.

제프는 죽은 지 100년을 훌쩍 넘긴, 어딘지 불편해 보이게 촬영된 드미트리 멘델레예프를 가만히 응시했다. 제프는 스스로에게 다시 일깨웠다.

"우주에는 숫자 이상의 무언가 있다."

제프는 자신이 어떻게 이런 말을 했는지 믿기지 않았다. 사실이지만, 입 밖에 꺼내기 전까지는 그 사실을 몰랐다.

그날 밤 엄마가 제프에게 휴대 전화를 달라고 했다. 뺏으려는 게 아니라 제프가 받은 문자 메시지를 확인하려는 것이었다. 상관없었다. 클라이브가 다음 토요일 크리켓 경기에 대해 물어본 문자를 제외하고 이미 다 지웠다. 엄마는 실컷 살펴본 뒤 말없이 휴대 전화를 돌려주었다. 그때 누나에게서 문자가 왔다.

누나는 자퇴한다고 학교에 전화로 알렸고, 내일 책을 가지러 갈 거라고 했다. 그 문자 끝에 '사랑해 동생'이라고만 적혀 있을 뿐, 마크나 새 주소에 대한 언급은 없었다. 제프는 그런 것들을 알고 싶지 않았기 때문에 다행이라고 생각했다.

제프는 엄마가 내일 아침 누나 학교로 물건을 챙기러 갈지 안 갈지 알 수 없었다. 그러다 교과서에 숨겨 놓은 베켓 형의 편지를 발견할 수도 있지 않을까 하는 생각이 들었다.

집을 방문한 두 남자는 도무지 형사처럼 보이지 않았다. 한 사람은 귀가 넓적하고 살찐 얼굴이었다. 다른 한 명은 마른 체격에 키가 컸고 오렌지 파인애플이 그려진 노란색 셔츠를 입었다. 키가 큰 남자는 엄마와 아빠 맞은편 안락의자에 앉아 말했다.

"아드님도 같이 있는 게 좋겠어요. 로리머 씨와 부인께서 놓친 걸 아드님이 알 수도 있으니까요."

남자는 수첩을 확인했다.

"아, 딸도 있으시군요. 집에 있나요?"

"친구와 여행 중입니다."

엄마가 말했다. 아빠는 서재로 안내하려 했지만 그들은 거실 탁자 옆에 앉고 싶어 했다.

"항구 경치가 장관이군요."

통통한 형사가 말했다.

"발아래로 요트랑 배들이 있네. 세상 꼭대기에 살고 계시는군요."

"그런가요?"

아빠가 건조한 말투로 말했다.

"이해합니다, 로리머 씨."

통통한 형사가 말했다.

"위로가 될지 모르겠지만, 로리머 씨만 줄리어스 클락, 가명으로 쓴 워런 스탠턴 존스, 카터 맥퍼슨, 리처드 월그레이브 경의 사랑하는 아들로 입양된 게 아닙니다. 그자는 시드니 사기로 거대한 그물을 던졌어요. 총 여섯 건이죠. 싱가포르에서 두 건, 뉴질랜드에서 한 건, 나머지는 오스트레일리아입니다. 총 900만 달러 규모예요."

"그 성실한 사람이!"

엄마가 외쳤다. 키가 큰 형사는 의자에 다리를 꼬고 앉았다.

"아주 성실하죠. 어떤 부동산을 선택하고 어떤 희생자를 선택할지 능수능란했어요. 처음 어떻게 만났는지 물어봐도 될까요, 로리머 씨?"

"경찰서에서 말했잖습니까. 브리즈번에 있던 회계사 학회에서 만났어요. 그는 학회 참석자는 아니었고 메리어트 호텔 투숙객이었죠. 우리는 바에서 만났습니다."

"아, 예. 그가 로리머 씨를 보자마자 호감을 표시하고 매우 고급스럽고 비싼 어떤 곳으로 초대했지요. 어디였죠? 오페라 박스석? 해안에서 떨어진 레스토랑에 가려고 헬리콥터를 탔나요?"

아빠는 짧고 날카롭게 머리를 내저었다.

"로열 시드니 골프 클럽이에요."

통통한 형사가 아빠를 펜으로 겨누며 말했다.

"그자는 프로예요. 이런 자는 희생자를 마음껏 주무를 때까지 시간을 충분히 들이죠. 대저택을 임대해 놓고, 문서를 위조하는 겁니다. 모든 사건의 공통점이죠. 그자와 안 지 얼마나 됐나요?"

"말했잖아요. 다시 말해야 하나요?"

"예, 괜찮으시다면."

"17개월입니다."

"그자가 직접 시드니에서 웰링턴으로 집 열쇠와 최종 서류를 가져다주려고 비행기를 타고 왔다고 했죠. 그게 언제죠?"

"3월 11일 월요일입니다. 폭풍우가 심하게 쳤던 다음 날이죠."

"그날 그자에게 오스트레일리아 달러로 150만 달러를

이체했나요?"

"아뇨. 그 사람이 아니고."

아빠는 몸을 웅크렸다.

"빈센트 프리차드라는 변호사였습니다. 명의를 바꿀 때까지 특별 회계로 갖고 있겠다고 했어요."

"프리차드 씨를 만난 적이 있나요?"

마른 형사가 물었다. 아빠는 대답하지 못했다.

"아뇨. 만날 필요가 없었죠. 그는 시드니에서도 가장 명성 높은 법무 법인 중 하나에서 임원급으로 일하는 걸로 알았으니까요."

"편지지에 그렇게 인쇄되어 있었죠?"

통통한 형사가 말했다. 아빠는 의자 안으로 몸을 깊숙이 밀어 넣으며 눈을 감았다.

"회사로 찾아가 보니, 빈센트 프리차드라는 이름은 알지도 못하더군요."

"그럼 또 다른 가명?"

엄마가 말했다.

"스탠턴 존슨의 변호사가 정말……."

통통한 형사가 머리를 끄덕였다.

"매우 성실해 보였는데……."

엄마는 눈물을 글썽이며 말했다.

"그 사람이 우리 남편에게 뭐라고 했는지 아세요?"

"자신에게 아들이 없으니, 아들 삼겠다고 했나요? 예. 다른 사람들한테도 그렇게 했어요. 안타깝군요. 이 일로 많이 고통받고 있다는 거 압니다."

제프가 앞으로 나섰다.

"저더러 손자가 되어 달라고 했어요."

형사가 고개를 끄덕였다.

"이건 영화가 아니에요, 아드님. 실제에서는 악당이 항상 나쁘게 보이지만은 않아요. 때에 따라서는 천사처럼도 보이지요."

아빠는 신경질적으로 다리를 꼬았다 풀기를 반복했다.

"자! 가는 게 있으면 오는 것도 있어야지. 우린 해달란 말 다 했잖습니까. 우리도 몇 가지 물어봅시다. 지금 그 자는 어디 있나요? 사이버 시대에 살고 있으니, 비행기 탑승 기록, 은행 이체 기록 같은 건 확보했을 테죠. 벌써 수년 동안 사기 행각을 벌이고 다녔는데, 왜 아직도 못 잡고 있는 겁니까? 내 말은, 인터폴은 뭐 하고 있냐는 겁니다. 내 돈, 반드시 찾아야 해요!"

마른 형사가 말했다.

"그 돈은 벌써 여러 은행 계좌를 거쳐 사라졌고, 줄리어스 클락은 여권도 여러 개입니다."

"그런 게 못 잡는 이유가 됩니까?"

"로리머 씨."

통통한 경찰은 더 이상 미소를 띠지 않았다.

"선생님이 사려던 그 끝내주는 집은, 시드니의 노부부에 의해 위탁 관리되던 집을 줄리어스 클락이 단기 임대한 것입니다. 더구나 선생님은 호턴 플레저 앤 파트너스의 회계사시죠? 본능적으로 돈에 신중하고요. 그자가 당신에게 그 집을 팔겠다고 했을 때 뭐라도 확인해 봤을 거 아닙니까?"

엄마가 끼어들었다.

"그를 믿었어요."

아빠가 덧붙여 설명했다.

"권리 증서, 이전 소유자의 기록, 토지 대장, 지적도, 환경 평가서 같은 걸 모두 이메일로 보내 줬어요. 당신 말은 그 서류들이 모두 위조됐다는 거군요."

긴 침묵이 흘렀다. 그리고 통통한 형사가 말했다.

"선생님, 그런 자들이 하는 말이 있어요. 너무 좋아 보이는 건 진짜가 아닐 수도 있다."

형사들이 돌아간 뒤 아빠는 야외용 원목 의자에 앉아

항구를 내려다보며 위스키를 마셨다. 해가 지고 화분에 길게 드리워졌던 그림자가 흐려졌다. 안뜰 위 모든 것들에 서늘한 어둠이 내려 앉았다.

제프는 유리문 안에서 술잔을 든 팔 외에는 동상이 된 듯 움직임 없는 아빠를 바라보며 서 있었다. 그 순간 제프는 아빠에게 서운했던 몇 가지 일들이 떠올랐다. 소리치고 나무라며 제프를 방으로 내몰던 일, 베개에 얼굴을 처박을 수밖에 없던 일이 다 무의미하게 여겨졌다.

아빠는 혹독하게 상처 입었다. 외상이 아닌 마음 깊은 곳이 찢기고 멍들었다. 제프는 아빠의 굽은 어깨와 위스키 잔을 움켜쥔 손에서 고통을 느낄 수 있었다.

제프의 심장이 요동쳤다. 그리고 숨어 있던 온기가 팔로 퍼졌다. 생각할 틈이 없었다. 문을 열고 나가, 아빠의 어깨를 팔로 감싸 안았다.

잠시 동안 아빠는 그대로 있었다. 그리고 잔을 콘크리트 바닥에 내려놓고 제프에게 손을 얹었다.

"착한 녀석."

그리고 제프의 손을 두드리며 풀 죽어 말했다.

"내 돈만이 아니야. 의뢰인의 돈도 투자했어. 그러지 말았어야 했는데. 올해 안에 이자와 함께 돌려줘야 해. 돌려주지 못하면, 제프리, 이 집을 팔아야 한다는 거야."

8

수학에서, 피보나치 숫자들 또는 피보나치수열로 불리는 정수가 있다. 0, 1, 1, 2, 3, 5, 8, 13, 21, 34, 55, 89, 144……. 첫 번째 숫자는 0이고, 두 번째는 1이다. 각 숫자의 뒤에 오는 숫자는 앞의 두 수를 더한 것이다. 숫자의 피보나치 패턴은 자연에서도 곧잘 발견된다. 나뭇잎의 배열, 나뭇가지, 꽃잎이나 해바라기 씨앗 배열, 솔방울 씨앗 배열 등에서 볼 수 있다.

최근에 일어난 일들을 논리적으로 설명하기 어려웠다. 마치 어떤 단어가 생각나지 않아 넘어갔더니 갑자기 파도에 휩쓸려 떠오르듯 마음속에 떠오르는 것 같았다. 강아지가 고양이를 뒤쫓듯 원하는 것을 뒤쫓다 지쳐 포기하고 제자리로 돌아오는 것과도 같았다. 어떤 일들은 정해진 패턴도 없고 상식적 설명도 불가능하다. 이런 일들을 설명할 어떤 논리도 찾기 어렵다. 그래도 일은 일어난다.

제프는 메이지 할머니를 무작정 찾아 헤매다 일주일 만에 포기했다. 메이지 할머니가 한 이상한 말들이 하나씩 들어맞았다. 누나는 학교를 그만두었다. 아빠가 모래 무덤에 빠진다는 것은 빛 무덤을 의미했다. 하지만 엄마가 절벽 위에 있다는 말은? 또 다른 사고나 사건이 생긴다는 말인가? 제프는 머리가 복잡했다.

메이지 할머니에 대한 기억이 흐릿하다. 엄마에 관해 다시 물어봐야 하는데. 그러려면 할머니의 본명과 주소를 알아야 했다. 도시를 헤매는 것은 시간 낭비다.

제프는 날마다 수업을 마치면 도서관에 갔다. 메이지 할머니가 그랬던 것처럼 중국 식당 밖 기둥에 기대어 서 있어 보기도 했다. 그런다고 메이지 할머니를 다시 만날 수는 없었다. 제프는 어떻게 해야 할지 막막했다.

제프는 맥도날드에서 누나를 만났다. 누나는 내내 웃었고 활기가 넘쳤지만, 제프는 불안한 거리감을 느꼈다.

"베켓 오빠가 내일 돌아온대."

누나가 말했다.

"알아."

"경찰관 경호 아래 비행 중이야. 새 감옥으로 이송될 테지. 오빠를 만나러 오클랜드에 갈 건데, 마크가 도와줄 거야."

제프는 자신도 같이 갈 수 있냐고 물어보려다 그만두었다. 누나는 햄버거 포장을 벗겼다.

"신문에 난 베켓 오빠 사진 봤어? 살이 많이 빠지고 머리가 짧아서 나이 들어 보이더라."

제프는 배고프지 않았다. 앞에 놓인 치킨 랩을 한쪽으로 치웠다.

"누나가 학교를 그만둘 거라고 했어. 그 할머니가."

"제프, 그 미친 할머니 다신 만나지 마! 그 할머니, 악마가 분명해!"

제프는 계속 말했다.

"내가 학교 그만둘 거냐고 물었을 때 누나는 웃어넘겼지. 아니라면서."

누나는 표정을 누그러뜨리며 말했다.

"오, 귀요미. 난 가야 해. 널 두고 나온 건 미안해. 하지만 곧 마크랑 셋이 함께 살 수 있어. 마크는 친절하고 신중한 사람이야. 그는 항상 다른 사람을 배려해 줘. 알아? 나, 그를 사랑해. 그도 날 사랑하고. 제프, 우리 사랑에 빠졌어!"

제프가 감자튀김을 집었다가 도로 봉지에 넣었다.

"법대는 어쩌고?"

누나가 냅킨으로 입술을 닦았다.

"이미 학교를 그만둔걸. 돌아갈 생각 없어. 가고 싶어도 엄마가 못 가게 만들어 놨더라고. 엄마가 직접 학교에 가서 내 책상과 사물함을 정리했더라. 알고 있니?"

제프가 고개를 끄덕였다.

"어. 형 편지도 찾았더라고."

"아, 진짜. 몰래 뒤나 캐고 다니다니! 그러고도 남지. 이제 그런 거 상관없어. 신께 감사해야지. 더 이상 숨길 게 없잖아. 난 직장을 구하는 중이야."

"어디?"

"두 곳. 면접을 봐야 해. 클랙스턴 호텔 식당과 박물관 카페. 거기서 먹어 본 적 없지?"

제프는 누나를 쳐다보았다.

"아빠가 집을 팔아야 한대."

"뭐?"

"돈을 찾지 못하면 문제가 된대. 아주 큰 문제. 의뢰인 돈도 같이 투자했대."

제프가 감자튀김을 반으로 잘랐다.

"집을 팔아도 은행 대출을 갚으면 새로 집 살 돈이 없대."

"엄마는 뭐래?"

누나가 제프에게 몸을 숙이며 물었다.

"알잖아?"

"알지. 또 싸우겠지. 개와 고양이가 만나기만 하면 싸우는 것처럼."

제프는 목이 막히더니 눈물을 왈칵 쏟았다.

"누나가 돌아오면 좋겠어."

"기대하지 마. 미안해, 귀요미. 하지만 그럴 일 없어, 절대로."

"그래도 엄마한테는 말해야 하는 거 아냐?"

"엄마랑 이야기는 해 볼게. 엄마가 전화로 화를 내거나 놀리지 않는다면 말이야."

누나가 탁자 위로 손을 뻗었다.

"배고프지 않으면 치킨 랩은 내가 가져갈게. 저녁으로 먹게."

제프는 치킨 랩을 누나 쪽으로 밀었다.

"마크랑 같이 안 먹어?"

누나가 치킨 랩을 냅킨으로 포장했다.

"항상은 아니야. 가끔씩 애들이랑 저녁을 먹거든."

"애들?"

누나가 포장한 음식을 가방에 넣었다.

"마크는 1년 전부터 아내랑 별거 중이야. 전 부인이 아주 냉정한가 봐. 하지만 마크는 좋은 아빠야. 세상에 이런 좋은 아빠도 있다는 걸 안 걸로 충분해. 잘 지내, 내 동생."

누나는 일어서면서 가방끈을 어깨에 올리고, 몸을 숙

여 제프의 볼에 입을 맞췄다.

"베켓 오빠 소식, 문자로 알려 줄게."

제프는 누나가 간 뒤에도 의자에 앉아 있었다. 직원이 테이블을 치우러 올 때까지 꼼짝하지 않았다. 다리의 감각이 없어질 때까지 오래, 그대로 앉아 있었다. 누나는 사랑에 빠졌고, 깨어날 기미가 없었다.

제프는 절뚝거리며 버스 정류장까지 걸어서 언덕 아래까지 가는 버스를 탔다. 피곤했다. 마치 뭔가가 피를 뽑아낸 것처럼 텅 빈 기분이었다.

버스에서 내렸을 때, 제프의 맥박은 마치 귀에 대고 공기를 주입하듯 빨라지기 시작했다. 거기, 버스 정류장 유리 지붕 밑에 메이지 할머니가 있었다.

할머니 특유의 미소, 끄트머리가 검은 부러진 이, 눈을 가늘게 뜬 모습 등이 더는 낯설지 않았다.

"반가워요, 메이지 할머니."

그러고는 정지. 뭐라고 반갑다는 말을 이어 갈지 몰랐다. 하지만 이전과는 달랐다. 제프는 솔직히 100퍼센트 드림 키퍼의 존재를 믿는 건 아니었다. 제프는 로즈 왕고모 할머니 같은 노인일까? 그런 생각이 들었다. 제프는 용기를 내어 물어봤다.

"진짜 메이지 할머니 맞죠?"

"고비가 몇 번 있었지. 진짜 메이지는 몇 주 전에 떠났다. 내가 자유롭게 해 줬지. 메이지는 내게 자신의 몸을 쓰도록 허락해 줬고."

메이지 할머니는 콘크리트 바닥을 지팡이로 때렸다.

"사용이랄 것도 없는 상태긴 하지만 말이야."

"뭐라고 불러야 해요? 메이지 할머니? 드림 키퍼?"

메이지 할머니는 손을 뻗어 제프의 얼굴을 만졌다. 손이 찼다.

"말했잖니. 메이지라고 부르라고. 드림 키퍼는 이름이 아니라 부류라니까."

제프는 목뒤를 긁었다.

"메이지로 사는 게 좋으세요?"

"좋냐고? 좋을 게 있겠니? 관절염, 청각 장애, 기억 상실, 심장 박동 이상. 게다가 신장염까지."

메이지 할머니는 각 병을 말할 때마다 지팡이를 탕탕 쳤다.

"폐차 직전의 차를 몰고 다니는 기분이다."

"제 말은, 인간이 된 게 좋으시냐고요."

제프는 메이지 할머니의 눈을 똑바로 바라봤다. 메이

지 할머니는 말도 않고 눈도 깜빡이지 않았다.

"지금은 아파 보이지 않아요. 아주 에너지가 넘쳐요."

"차에 기름칠 좀 했지. 하지만 카운트다운이 시작됐어."

메이지 할머니가 제프에게로 몸을 숙였다.

"엔진만 있는 난파선 꼴이지. 더 설명하랴? 꿈속에 오래 머물 수가 없어, 넘버 나인."

제프는 몇 초간 마르고 주름진 얼굴과 강렬한 눈을 살폈다. 제프는 궁금한 게 많았다.

"할머니 말씀을 처음엔 이해할 수 없었어요. 하지만 지금은 이해해요. 이제 알겠어요. 그래서 묻고 싶은 게 있어요."

"뭘?"

제프가 머뭇거렸다.

"우리 가족에 대해 어떻게 알았어요?"

"그걸 아는 데 주인 허락을 받아야 하냐?"

메이지 할머니는 바로 고개를 돌려 바다를 보았다.

"그게 내 일이다, 제프. 사람의 뇌로는 이해하기 힘들지? 예를 들면 너와 네 형 사이의 끈끈한 유대 같은 거. 네가 형을 생각할 때마다 왼쪽 가슴과 오른쪽 팔에 통증을 느끼는 거 같은 것."

고개를 끄덕였지만 제프는 두려움을 느꼈다. 베켓 형을 생각할 때 자신이 느끼는 통증에 대해 아는 사람이 있을 수 있다니.

“너도 그 통증이 왜 생기는지 원인을 모르지, 그렇지?”

제프는 머리를 끄덕였다.

“그게 내 답이야. 내가 어떻게 네 가족에 대해 아는지는 알 수 없겠지만 인간 뇌에 한계가 있다는 건 알겠지. 자, 다음 질문?”

제프는 가방을 열었다.

“적어도 될까요?”

“적을 수 있다면.”

제프는 잽싸게 가방에서 수첩을 꺼냈다. 책이 미끄러져 나와 버스 정류장 바닥에 떨어졌지만 줍지 않았다.

“어디 사세요?”

“뉴타운 오로라 시립 임대 주택 7B호.”

“9! 완벽해요!”

“뭐라고?”

“B는 2. 2에 7을 더하면 9죠.”

“그래, 알겠어. 다음 질문은?”

제프는 펜을 들었다.

“드림 키퍼가 뭔지 정확하게 설명해 주세요.”

“벌써 여러 번 말했잖니.”

“네. 하지만 그때는 적어 놓지를 않아서요. 써 놓게요.”

“그건 꿈에 사는 영혼이야. 사람이나 동물의 육체에 머물면서 말이야.”

제프가 몇 문장을 더 썼다.

“그러니까 실제가 아니라 영화 같은 거로군요.”

메이지 할머니가 웃었다.

“내가 인간 뇌의 한계에 대해 말한 거 기억하니? 넌 지금 네가 살고 있는 이걸 실제라고 믿지. 엉터리야!”

메이지 할머니는 무릎 사이에 지팡이를 끼우고 손을 위로 올렸다.

“몇 번이나 더 말해야 알겠니? 실제의 10퍼센트뿐이야. 네가 육체에 있는 한 90퍼센트는 놓치지. 이해가 안 된다면 그냥 믿어.”

메이지 할머니가 의자에서 몸을 돌려 제프를 바라보았다.

“인생이라고 부르는 꿈에서 너는 오감을 통한 것만 인식할 뿐이야. 맞지?”

제프가 고개를 끄덕였다.

“보고 듣고 맛보고 만지고 냄새 맡는 것 말이죠?”

“그래서 꿈속에서 모든 걸 안다고 생각하지만 그게 아

냐. 몸이 알기 바라는 것만 아는 거지. 나머지 모르는 90퍼센트는 영혼의 영역이야."

제프는 잠시 주변의 색과 형태들을 예리하게 둘러보았다. 누빔 재킷의 주름, 할머니 다리를 감싼 초록과 오렌지색 치마, 재활용 종이와 쓰레기 더미 옆 작은 나뭇가지들, 하늘과 땅 사이를 맴도는 바다 냄새. 그제야 제프는 모든 감각이 정보를 쏟아 내는 것을 느꼈다. 제프는 수첩을 들여다보며 조심스레 말했다.

"안드레아 누나는 할머니를 악마라고 생각해요."

제프는 불쾌해할까 봐 걱정했는데, 할머니는 되레 무릎을 치며 웃었다.

"네 누나 생각은 믿을 게 못 돼. 악마와 천사는 사람들의 판단으로 나눈 것뿐이야. 실제는 아무것도 없어."

"할머니랑 제가 여기 앉아 있잖아요. 이게 실제가 아니라는 건가요?"

"아니, 아니야!"

메이지 할머니는 실망스럽게 쳐다봤다.

"그건 아주 작은 부분이야. 제프, 넌 빛을 증대하기 위해 잠시 몸에 머물고 있는 영혼이란다. 계획에 따라 말이야. 네 몸, 네 물건, 네가 이뤄야 할 성장. 어떤 영혼들은 신중하고 적절한 계획을 세우지. 어떤 영혼들은 잠시 몸에 머물며 별다른 요구 없이 지내기도 하고, 어떤 영혼들은 열정적으로 지내다 간단다."

메이지 할머니의 말은 대단히 빨랐다. 벌어진 입술 사이로 침이 튀었다.

"힘든 행로일수록 위대한 성장을 보장하지만, 위험하기도 하지. 잘 봐, 넘버 나인. 몸을 가지게 되면서 망각이 시작된단다. 영혼은 육체의 경험에 갇히게 되고 제한된 기억만 하게 되는 거야."

"그만!"

제프가 외쳤다.

"너무 빨라요. 다 받아쓸 수가 없어요!"

제프가 펜을 들었다.

"그렇다면 이렇게 적으렴. 네 가족은 어려운 길을 택했고, 위험한 상태야. 다 기억을 잃었기 때문이야."

"기억을 잃어요?"

제프는 그 단어를 잠시 들여다보았다.

"지식의 다른 면이지. 내 말은 네가 한 육체에 머물면서 망각이 시작됐다는 뜻이야. 그게 진실이지. 그러나 모든 영혼은 빛의 불꽃을 동반해. 그 빛은 나침반 같은 안내자이자 거대한 실제의 작은 기억 조각들이란다. 꿈에서 사람들은 그것을 심장의 지식이라 불러. 심장 속의 근육 따위는 아무짝에도 쓸모없다고 해도 말이야."

제프는 애써 천천히 말했다.

"드림, 키퍼는, 정, 확, 히, 무슨, 일을, 하나요?"

"오, 입 좀 다물렴, 넘버 나인!"

메이지 할머니의 목소리가 날카로웠다.

"이해가 안 된다면서 내가 기껏 설명할 때 훼방이냐……."

"알아야 해요!"

메이지 할머니는 심드렁했다.

"드림 키퍼는 유모, 후견인, 양치기, 여행 안내자, 천사, 조언자라고도 해. 우리는 영혼이야. 꿈이 악몽이 되려는 때 우리가 찾아가지. 하지만 기억이 있는 사람만 만날 수 있어. 그게 너야, 제프. 넌 네 속의 빛을 기억하고 있잖아. 그러니까 널 돕는 게 내 일이지. 네가 할 일은 네 빛에 불꽃을 피우는 거고. 알겠니? 네가 네 가족에게 빛의 기억을 되찾아 줄 거야."

제프는 잠시 생각했다.

"사랑? 사랑을 의미하나요? 그렇죠, 사랑!"

"좋은 말을 찾아냈구나. 다른 것들도 있지. 용서, 연민, 동정! 그런 단어들이 네 안에서 빛으로 연결되어야 한다. 아니면 그냥 '말'일 뿐이지. 그것도 적어라."

제프는 놓칠세라 허둥지둥 적었다. 제프는 이 이야기가 신화나 전설 같다고 생각했다. 어떤 면에서는 들어맞았다. 메이지 할머니는 기침을 했고, 소매로 입술을 훔쳤다.

"실제는 인간의 말로 담기엔 너무 거대해. 학교에서 은유와 비유를 배웠겠지? 자, 알겠니? 단어 자체가 문제가 아니라는 거. 네 안에서 그런 단어들이 빛과 만나야 반응이 일어난다. 네가 감정이라고 부르는 것들 말이야. 더 알고 싶은 게 있니?"

제프는 집에 돌아가면 물어봤어야 할 질문들이 우수수 쏟아질 걸 알았지만 지금 당장은 아무 생각도 할 수 없었다. 제프는 말했다.

"아빠는 모래 늪에 빠진다고 했고, 그건 은유였죠. 그러나 안드레아 누나의 일은 실제로 일어났어요. 학교를 떠났죠. 엄마는 울고불고 난리고, 베켓 형은 뉴질랜드로 이송 중이고, 우리 집은 팔아야 한대요. 내가 알아야 할 다른 일이 더 있나요?"

제프를 바라보는 메이지 할머니의 눈동자가 반짝였지만 떨리지는 않았다.

"더 많은 일이 생길 거야. 네게 달렸어. 그때가 되면 네가 해야 할 일을 하게 될 거야. 하지만 난 없을 거야.

너무 오래 꿈속에 머물렀거든.”

“할머니가 죽는다는 뜻인가요?”

그러자 할머니가 웃기 시작했다. 가슴이 흔들렸고, 입과 눈도 떨렸다. 몸을 미친 듯이 흔들어댔다. 기침을 하더니 지팡이로 콘크리트 바닥을 세게 때렸다.

“죽음 같은 건 없다.”

메이지 할머니가 말했다.

웰스 선생님은 가혹했다. 드미트리 멘델레예프에 관한 제프의 숙제에 10점 만점에 5점을 주었다. 숙제는 역사적 인물에 대해서 쓰는 것이지 주기율표에 대해 쓰는 게 아니라는 이유에서였다.

제프는 자신에게 실망했고 멘델레예프의 업적을 알아주지 않는 것에 화가 났다. 그러나 웰스 선생님은 물리학자가 아니다. 쓸모 있는 업적이라고는 없는 헨리 8세에 대해 폴이 한 과제에는 9점을, 쿡 선장에 대해 6쪽짜리 보고서를 쓴 살로사의 숙제에는 만점을 주었다. 제프는 두 친구가 좋은 점수를 받은 건 기뻤다. 그의 점수는 웰스 선생님이 생일 선물로 받은 펜도 아니고 질 좋은 러시아 연필도 아닌 빨간색 잉크로 쓰여 있었다. 제프는 그

것이 대단한 문제는 아니라고 생각했다.

만약 같은 평가 기준에서 개인적 실망감을 평가한다면 2점 정도일 것이다. 제프의 인생에서 10점이었던 다른 사건에 비교해 보면 정말이지 별일 아니었다.

점심시간. 밖에는 비가 내렸고, 제프는 수첩과 샌드위치를 챙겨 체육실에 앉아서 주위 소음들을 걸러 내려고 애썼다. 베켓 형이 도착하는 날이었지만 가족 누구도 공항에 나가지 않았다.

'미안해, 형.'

제프는 혼잣말로 웅얼거렸다.

'정말, 몹시, 굉장히, 대단히 미안해.'

제프는 수첩을 펼쳤다. 메이지 할머니가 말한 것을 다 적지는 못했지만, 기록한 단어들로 기억을 되살릴 수는 있었다. 할머니 말은 미친 소리가 아니었다. 태양을 그물로 잡는 마우이와 그의 형제들 같은 이야기였고, 이상한 이름의 소녀를 찾기 위해 저승으로 들어가는 오르페우스 같은 이야기였다. 그것은 숫자의 유형처럼 메아리와 진동이 있는 이야기다. 하지만 그것이 무얼 의미하는지는 알지 못했다. 드림 키퍼만이 이야기를 이해하는 수학적 연관성을 알 수 있을 것이다.

제프는 수첩을 다시 읽으며, 마음에 새겨진 두 가지의

말에 밑줄을 그었다.

네게 달렸어.

빛이야.

이 말들이 머릿속에서는 희미해졌지만, 가슴에 점점 깊이 박혔다. 하지만 제프는 어떻게 해야 할지 몰랐다.

누군가 그 앞에 다가와 섰다.

"야! 제프리 로리머!"

고개를 들어보니 클라이브였다.

"네 형이 베켓 로리머지? 그 마약쟁이?"

"응."

"우리 아빠가 그러시는데, 국민이 낸 세금으로 네 형을 태국 감옥에서 꺼내 온 거라고 하더라."

"그럴걸. 나도 그런 줄로 알고 있어."

제프는 클라이브의 번뜩이는 눈빛을 보았다. 클라이브는 체육실이 쩌렁쩌렁 울리도록 말했다.

"오클랜드 감옥에 네 형을 수감하는 데도 세금이 엄청 쓰일 거라던데."

클라이브의 말에 제프는 어깨를 으쓱해 보였다.

"그래 봐야 감옥이지."

제프는 다시 수첩을 들여다보았다. 클라이브는 거기서 멈추지 않았다.

"너희 누난 유부남과 동거한다며. 애도 둘이나 있다던데. 우리 엄마, 아빠가 그 남자 부인을 안대. 네 가족은 왜 그 모양이냐?"

다른 아이들이 대답을 기다리는 듯한 눈으로 제프를 쳐다보았다. 제프는 피곤했다. 제프는 오직 전날 할머니가 던진 말들만 생각날 뿐이었다.

"입 닥쳐."

제프가 말했다.

수업을 마친 제프는 집에 가기 싫은 마음에 드럼도 치고 숙제도 해야 한다는 핑계로 폴의 집에 갔다. 폴의 아빠는 개와 뒷마당에 있었다. 폴의 아빠는 채소밭에 덮개를 씌우는 중이었고, 개는 주둥이로 퇴비를 파헤치고 있었다. 폴의 아빠가 제프에게 어떻게 되었냐고 물으며 일손을 멈췄다. 제프는 말뜻을 정확하게 몰랐지만 폴의 아빠가 무슨 소리를 들었구나 생각했다. 그래서 제프는 스탠턴 존스에 대해 말했다. 폴의 아빠는 몰랐던 이야기였는지 놀란 눈치였다.

"150만 달러!"

폴의 아빠는 150만 달러가 세상의 모든 돈이라도 되는 듯 놀랐다. 제프는 고개를 끄덕였다. 폴의 아빠가 성큼 다가섰는데 키가 매우 컸다. 제프는 퇴비로 더러워진 장화와 물 빠진 청바지를 입은 폴의 아빠에게 조금 더 자세히 말해 주었다.

"무서운 일이구나."

폴의 아빠는 개를 쓰다듬으며 말했다.

"좋은 분인 줄 알았어요. 모두 바보였죠."

폴의 아빠가 제프의 어깨에 손을 얹었다.

"사악한 것들 대부분이 천사로 위장하지. 도움이 될지 모르겠지만 아빠께 우리 가족이 기도하겠다고 전해 다오."

제프는 속으로 '우리 아빠를 몰라서 하는 소리세요.' 하고 소리쳤다. 아빠는 기도같이 부질없는 말을 싫어한다. 그럼에도 제프는 고개를 끄덕였다. 경찰이 사건 해결이 쉽지 않을 거라고 했고, 아빠가 의뢰인의 돈을 갚기 위해 집을 팔 거라는 말로 괜한 근심을 끼치고 싶진 않았다. 제프는 돌아서서 집 안으로 들어갔다.

"어디 있었니?"

집으로 돌아온 제프를 본 엄마의 첫 마디였다.

"폴네 집에요."

제프가 답했다.

"폴의 아빠가 데려다주셨어요."

"문자라도 했어야지. 규칙을 잊은 거니?"

"잊었어요."

사실이었다. 연락해야 한다는 생각은 뒷전이었다. 엄마가 찬장 문을 쾅 닫았다.

"무슨 일이 생겼는지 알고나 있어? 네 바보 같은 아빠가 이 집을 팔려고 부동산 중개인을 불렀다. 어쩌면 좋겠니?"

제프는 대답하지 않았다. 엄마 목소리가 좀 더 높아졌다.

"네 멍청한 아빠가 집을 팔려고 한다니까! 이 집의 반은 내 것인데 말이야. 상의했냐고? 물론 아니지!"

제프는 엄마가 지금 자기에게 말하고 있는 게 아니라는 걸 알고 있었다. 부엌 가까이에 있을 아빠한테 하는 소리였다. 아빠는 사무실에 있을 것이다.

제프의 생각은 옳았다. 아빠가 침착하게 거실로 들어왔다. 눈이 빨갰다. 술을 마신 모양이었다.

"늦었네, 아들."

아빠가 말했다.

"그림 좋네. 안 그러니? 금융 천재가 이번엔 뭘 사는 중이었나? 토스카나에 빌라? 피지의 섬?"

엄마의 말에, 아빠는 굽은 몸을 버티려는 듯 의자 등받이에 손을 얹으며 소리를 빽 질렀다.

"그만! 죄인 취급하지 마! 그건 수익률이 보장된 투자였어. 내가 할 수 있는 최선을 다했다고."

"물론 최선을 다하셨겠지."

엄마가 쏘아붙였다.

"그놈이랑 잘 놀았지. 얼빠진 당신 눈에는 그자가 인심 좋게 자기 재산을 물려주려는 부자 늙은이로 보였을 테지. 아들이나 된 것처럼. 맞다. 워런 아버님! 내가 당신의 아름다운 왕국을 관리해 드리지요, 아버님. 그래 놓고, 집이 당신 게 되면 곧장 팔아치울 계획이었잖아."

"그건 투자였어."

아빠는 혼란스러워 보였다. 이미 공기 속으로 흩어진 어떤 단어들을 지우려는 듯 자포자기한 몸짓으로 손을 내저었다.

"헬렌 당신을 위해서 한 거야. 가족을 위해서 한 거라고."

"아냐. 당신 욕심 채우느라 그런 거야."

엄마가 다시 덧붙였다.

"이제 우리 가족은 집도 없이 거리를 떠도는 노숙자 신세가 된 거라고."

아빠가 휘청하더니, 화를 냈다.

"닥쳐! 내가 그 돈 다 찾을 거야. 그때까지 집은 임대하면 돼."

아빠는 엄마를 향해 두 손을 내밀었다. 목소리가 떨렸다.

"헬렌, 모두 가족을 위해 한 일이야."

"여기 당신 가족은 없어."

"그만! 그만해요."

제프가 눈물을 쏟았다. 그럼에도 엄마는 멈추지 않았다.

"당신이 우릴 망쳤어. 당신 아이들을 차례대로 하나씩. 그리고 나마저. 그래, 나마저. 윈스턴 로리머! 만약 이 집이 없다면 나도 없는 줄 알아."

아빠의 주먹이 두 번 허공을 갈랐다. 두 번째 타격으로 엄마의 몸이 한 바퀴 돌더니 비명과 함께 바닥에 널브러졌다.

제프가 엄마에게 달려갔다. 엄마는 엎드려 있었다. 팔과 다리는 하얀 대리석 위에 아무렇게나 놓였다. 입술이 찢어져 피가 흘렀지만 기절하지는 않았다. 제프가 엄마의 왼쪽 팔을 부축해서 앉을 수 있게 도왔다. 엄마는 울었다. 뺨이 붉게 부풀었다. 제프는 아직 의자 옆에 서 있는 아빠를 향해 돌아섰다.

"아빠!"

아빠는 뒷걸음질 쳤다. 스스로도 믿을 수 없다는 듯 고개를 내저었다. 엄마는 일어서며 입술을 만졌다. 손가락에 묻은 붉은 피를 내려다보았다.

"더 이상 못 참아."

엄마는 그 말을 하고는 욕실로 사라졌다. 제프는 꺽꺽 목 놓아 울었다.

"아빠, 왜? 왜, 엄마를 때렸어요?"

아빠는 제프에게 눈길을 주더니 의자 위로 털썩, 무너졌다. 아무것도 보이지 않는 것 같았다.

"이게 무슨 미친 짓이람!"

아빠가 으르렁거렸다.

얼마 후, 엄마가 큰 가방을 끌면서 북쪽에 있는 방에서 나왔다. 입술에서는 여전히 피가 흘렀다. 엄마는 아빠에게는 눈길도 주지 않고 제프에게 말했다.

"모텔 예약했다. 밤에 당장 필요한 것만 챙겨 와, 제프리. 나머진 내일 가져갈 거야."

아빠는 엄마를 넋 놓고 볼 뿐, 아무 말도 못했다.

“제발, 엄마. 이러지 말아요.”

제프가 말했다.

“짐 싸라고 했잖니. 빨리 서둘러, 제프리! 당장 이 지옥을 벗어나야 해.”

“저는 가고 싶지 않아요.”

제프의 눈에서 눈물이 흘렀다.

“엄마, 여기 있어요. 제발요. 부탁해요.”

“가야 해. 내 말 들어.”

엄마가 다리로 가방을 밀었다.

제프는 바람에 포스터가 찢겨 나가는 것처럼 마음이 찢어질 듯 아팠다. 그러나 그 안에 다른 어떤 것이 있었다. 제프를 이끄는 어떤 강한 힘. 제프는 의자에 앉은 채 돌덩이가 되어 버린 아빠에게 다가가 어깨에 손을 얹었다.

“싫어요, 엄마. 아빠랑 있을래요.”

9

1632년, 갈릴레오는 밀물과 썰물에 대해 자신이 쓴 책 '조수의 대화'에서 언급한 바 있다. 하지만 조수 간만의 차가 지구 공전 때문에 생긴다고 한 그의 주장은 틀렸다. 동시대 과학자 요하네스 케플러는 조수 차가 달에 의해 생긴다고 주장했고, 그것이 옳았다. 아이작 뉴턴은 조수 차가 생기는 원인을 중력으로 설명한 첫 번째 과학자이다.

아침 7시 30분, 아빠는 여전히 잠옷 차림이었다. 짧게 깎은 회색 수염 때문에 어딘지 모르게 초라해 보였다. 제프는 그릇에 시리얼을 쏟고 바나나를 잘라 그 위에 얹었다.

"일하러 안 가세요?"

"오늘은 안 가. 부동산 중개인이 올 거야. 그릇 씻는 것 잊지 마라. 엄마가 커피를 어디에 두는지 아니?"

"떨어진 것 같아요. 빵도 없고요. 제 점심도 사 먹어야 해요."

아빠가 제프를 바라봤다.

"아빠, 점심을 사 먹어야 한다고요."

아빠는 방을 나가더니 잠시 뒤 동전과 지폐 한 움큼을 가져와 탁자 위에 올려놓았다.

"너무 많아요!"

제프가 말했다.

"그래? 네가 알아서 해. 초콜릿 같은 걸 더 사든지."

제프가 탁자 위의 돈을 펼쳐 세었다.

"아빠! 60달러가 넘어요. 이렇게 많이 필요 없어요. 20달러면 충분해요."

"돈이 다 없어져서 길거리에 나앉기 전에, 쓸 수 있을 때 써."

아빠는 아침 신문을 제프 앞으로 밀었다.

"봤니?"

세 번째 장이 접혀 있었다. 상단 사진에 한 남자가 두 경찰관 사이에 서 있었다. 오클랜드 공항에 도착한 베켓 형이었다.

제프는 시리얼 안에 있는 건포도 숫자를 세었다. 보통 7개에서 10개인데 봉지 바닥에 있던 건포도가 따라 들어와 20개가 넘어 보였다.

"난 자격이 없어."

아빠는 손가락으로 사진을 찌르며 말했다.

"아빠 자격이 없어! 좋든 나쁘든. 내 아버지는 훌륭한

옛 가치관을 가졌지. 잘못하면 허리띠로 때리곤 했어. 하지만 그게 옳았어. 한번은 헛간에서 담배를 피우다 들켰지. 말했나? 일주일 동안 앉지도 서지도 못했지. 그 덕분에 이만큼 자랐다고. 그런데 뭐가 변한 거지? 존중은 어디로 간 거야?"

14, 15. 시리얼에 건포도가 보기보다 더 많았다. 확실히 20개 이상일 것 같다.

"이제껏 한 번도 네 엄마를 때린 적이 없었어. 난 여자를 때리는 남자를 경멸해. 알잖니? 하지만 네 엄마 말엔 칼이 달렸어. 계속 휘둘러 대니까……. 아무 말 마라. 나도 할 말이 없다는 건 알아. 대화를 했어야 했는데. 그런 게 소통인데. 오늘 아침에 엄마가 전화했니?"

제프가 고개를 끄덕였다. 아빠의 머리가 새처럼 빠르게 움직였다.

"엄마가 뭐라던?"

"제가 괜찮은지 물었어요."

18, 19, 20.

"오늘은 엄마가 돌아오겠지?"

건포도는 포도를 건조시킨 것이다. 그것은 즙이 빠지고 주름졌지만 단맛을 그대로 간직하고 있다. 입에 들어가면 설탕만큼 달았다.

"모르겠어요."

"어느 모텔에 있다고 엄마가 알려 주었니?"

"아뇨."

"음, 역시 그렇지!"

아빠는 다시 의자에 등을 기댔다.

"이래서야 네 엄마랑 얘길 하겠니? 아빠가 때릴 의도는 없었다는 거 알지? 믿지? 모든 게 다 가족을 위해 한 일이라는 거?"

제프는 건포도가 27개이기를 바랐다. 그러나 건포도는 모두 21개였고 그것도 나쁘지 않았다. 3은 베켓 형의 숫자다.

아빠는 숟가락을 들어 손가락 사이에서 돌렸다.

"부동산에 집을 내놔야 했어. 팔리는 데 몇 주가 걸릴지, 몇 달이 걸릴지. 늑장을 부리다 닥칠지도 모를 일은 막아야지. 엄마는 그 생각을 못 해. 그럭저럭 살 만한 집을 임대했다가 경찰이 해결해 주면 돈을 찾을 수도 있고. 몇 보 후퇴하는 건데, 그걸 몰라. 이 집만큼 근사한 새집을 사거나 지을 건데 말이야."

제프는 신문에 있는 사진을 다시 곁눈질로 보았다. 분명 베켓 형이었지만 달라 보였다. 짧은 머리 때문인지 좀 더 나이 들어 보였다. 몸은 말랐고, 입 가장자리에 선이 있었다. 형이 웃을 때마다 찰랑거리던 긴 금발은 어떻게 된 걸까?

"엄마에게 말해 줄래? 만나고 싶다고. 그래 줄 수 있겠니?"

제프가 고개를 끄덕였다.

"좋아!"

아빠는 식탁 위에 팔꿈치를 대고 머리를 손으로 감쌌다.

"바보같이 자꾸 이혼을 들먹여."

제프의 휴대 전화는 엄마와 누나로부터 온 문자로 붕붕거렸다. 제프는 자신이 잘 지내고 있는지 아닌지 확신할 수 없었다. 제프는 영화의 한 장면을 떠올렸다. 우주선 외부에서 작업하고 있던 한 남자의 줄이 끊어지고 그가 회전하며 멀어져 갔다. 우주복을 입은 남자는 큰 눈사람처럼 공중제비를 돌며 어둠 속으로 빨려 들어갔다. 제프는 그렇게 느꼈지만 다르게 설명할 적절한 단어가 떠오르지 않았다. 우주의 미아가 된다는 건 은유이거나 풍자일 텐데, 어떤 의미인지 알 수 없었다.

학교에서 전화를 사용할 수 없지만 전원을 끈 뒤 사물

함에 보관할 수는 있었다. 제프는 메시지를 읽지 않고 창을 닫았다. 학교 운동장에서 아이들 시선을 피해 교실로 달려 들어갔다. 어린애들까지 형에 대해 아는 것 같았다. 윌슨 선생님이 책상에 앉아 있었다.

“좋은 아침이지, 제프리?”

“안녕하세요, 윌슨 선생님.”

“아침 날씨가 선선하지? 벌써 가을이야. 크리켓은 물러가고 럭비의 계절이 오는구나.”

윌슨 선생님은 제프를 보고 웃어 주었다. 안타까워하는 눈빛이었다.

“괜찮니, 제프리? 내 말은, 정말, 괜찮냐고?”

“전 괜찮아요. 감사합니다, 윌슨 선생님.”

제프는 웃어 보였다.

“나한테 말하고 싶은 게 있니?”

제프가 고개를 저었다.

“넌 어떨지 모르겠는데, 마음속에 있는 뭔가를 말해 버리는 게 도움이 될 때가 있단다.”

윌슨 선생님은 팔짱을 끼더니 의자 뒤로 몸을 기댔다.

“이미 자기 생각이 확고한, 가까운 사람 말고 가깝지 않은 누군가에게 말이야. 아니, 전혀 그 일에 관계없는 믿을 만한 사람. 직접적인 관계가 없는 사람들이 더 정확하게 볼 수도 있거든. 꽤 유용하단다.”

제프는 맞다는 뜻으로 고개를 끄덕였지만 입은 꾹 다물었다.

“제프리, 한번 도전해 보고 이겨 내려고 애쓸 필요도 있어. 너만 괜찮다면 상담 선생님과 약속을 잡아 보겠다는 뜻이야.”

제프는 고개를 저었다.

“정말 괜찮겠어? 상담 선생님은 전문가야. 다른 사람에게 네 얘기를 하지는 않아.”

제프는 다시 머리를 저었다. 윌슨 선생님은 울 것 같았다.

“다른 선생님들과도 이야기해 봤는데, 모두 네 걱정을 하고 있어. 이 일들이 네게 쉽지 않으리라는 걸 알거든. 우리…….”

“이미 상담 선생님이 있어요.”

“그래?”

“예. 제가 고민을 이야기할 수 있는 사람이에요.”

“반가운 소리로구나. 부모님이 널 위해 알아보셨구나? 받아 보면 도움이 될 거야. 그런데 그 상담 선생님이 누구니?”

복도에서 번개 치는 소리가 들렸다. 제프는 창문을 흘

깃 쳐다보았다.

"메이지 선생님이에요."

수업을 마치고 제프는 아르고넛 여행사에 갔다. 엄마는 책상에 앉아 컴퓨터 작업을 하고 있었다. 턱의 멍은 화장으로 가려져 있었다. 하지만 부풀어 오른 윗입술의 갈색 선은 립스틱으로도 가려지지 않았다. 엄마는 목소리를 낮춰 말했다.

"제프리, 아빠하고는 하루도 더 못 살겠다. 종잡을 수가 없어. 위험해. 내가 방 세 개짜리 집을 알아보고 있어. 누나도 우리랑 살면서 학교에 다시 다닐 수 있어."

"아빠는 그러려던 게 아니라고 했어요."

"네 아빠는 늘 못살게 괴롭히는 사람이다. 내게 직장이 있다는 걸 감사해야지. 나한테 돈이 좀 있다. 보증금이랑 선불로 월세를 낼 만큼은 돼. 우린 잘살 거야. 아니, 더 잘 살 거야. 제프리, 엄마가 약속할게."

제프는 한 걸음, 한 걸음 걸어갔다.

"언제 끝나요? 집에 데려다주실 수 있어요?"

엄마가 제프를 한동안 쳐다보았다.

"아니, 제프리. 난 오늘 집에 들러서 옷을 다 챙겨 나왔다."

"아빠하고 얘기는 해 보셨어요?"

"아니. 아빠가 내게 퍼부었지, 평소 말버릇 그대로. 앞으로 대화는 변호사를 통해서 할 거야."

엄마가 제프에게 몸을 기울였다.

"네가 엄마랑 같이 지내면 좋겠어."

좋다고도 싫다고도 할 수 없어 제프는 난처했다.

"듣고 있니, 제프리?"

제프는 엄마에게 상처 주거나 화나게 하고 싶지 않았다.

"제발 집으로 돌아오세요, 엄마. 오늘 밤만이라도요."

"그런다고 달라지지 않아."

엄마가 고개를 내저었다.

"끝이야, 제프리. 법적으로 그 집에 대한 소유권이 내게도 반은 있다는 건 알지? 아빠는 내 법적 권리조차 생각하지 않아. 오직 자기 생각뿐이지. 항상 그랬어."

엄마는 눈물을 흘렸다. 옆자리 여자가 듣고 있었다. 이미 모든 것을 눈치챘을 것이다.

"부탁해요, 엄마."

제프가 속삭였다.

"오늘 밤은 나랑 있자."

그 순간 제프는 깨달았다. 그들은 서로 다르지 않았다. 아빠, 엄마, 누나, 모두 자기들 생각뿐이다. 외딴섬들처럼. 제프는 그게 바로 자신의 가족이 더는 가족이 아닌 이유라는 생각이 들었다. 누구도 자기 외에 가족 걱정을 하지 않았다. 베켓 형은 어떨까. 오랫동안 보지 않아 뭐라 말하기 어려웠다.

"그럴 수 없어요, 엄마. 아빠랑 있어야 해요."

제프가 대답했다.

제프는 다른 사무실 직원들에게 우는 모습을 보이고 싶지 않아 그대로 자리에서 일어났다.

제프는 메이지 할머니가 버스 정류장에 있었으면 했지만 기대는 별로 하지 않았다. 메이지 할머니가 다시 만날 수 없을 거라고 말했기 때문이다. 제프는 집 앞까지 오래오래 언덕을 올랐다. 흰 바탕에 붉은색으로 '팝니다'라고 적힌 안내판이 보였다.

'너무 빨라.' 제프는 생각했다. 모든 일이 너무 급작스럽게 변하고 있다.

아빠는 현관에서 제프를 맞아 주었다. 반바지에 꽃무늬 셔츠를 입은 아빠에게서는 술 냄새가 났다. 제프는 향

수와 휘발유를 섞은 것 같은 위스키 냄새를 싫어했다.

"회사엔 다녀오신 거예요?"

제프가 물었다.

"물론, 갔었지."

아빠가 비틀거렸다.

"하지만 아들 보려고 돌아왔지. 그래, 그랬어. 네가 말이야, 그게…… ."

아빠는 머뭇거리며 적당한 어떤 말을 찾았다.

"……빈집에 들어오게 할 수는 없잖니."

제프는 생각했다. 난 늘 빈집에 돌아왔는데. 그러나 곧 이런 생각을 하면 안 된다고 생각했다. 아빠는 다정해지려고 노력하고 있었다.

"안내판 봤어요."

"집 살 사람을 찾는 중이다. 우리는 이미 모퉁이를 돌았어. 두 가지 좋은 소식이 있는데, 부동산 중개인 말이, 이 집이 독특해서 며칠 내로 팔릴 수도 있다는구나. 항구가 내려다보이는 집을 원하는 동양인이 있다나. 그리고 혹시 기억나니? 우리 집에 왔던 빼빼 마른 경찰관 말이야. 줄리어스 클라크가 영국에 가지 않았다더라. 아직 모로코에 있대. 그자를 잡으러 간대."

아빠는 잠시 말을 멈추더니 지친 목소리로 말했다.

"넌 착한 아들이야, 제프리."

제프가 방을 둘러보았다. 잘 정리되어 있었다.

"집을 팔게 되어 속상할 거다. 하지만 잘 들어. 이만큼 좋은 다른 집이 있을 거야."

"전에 살던 집도 좋았어요. 진짜 사람 사는 집처럼 아담했어요."

"새로 임대하려는 집이 그런 집이야. 방 네 개에 욕실이 두 개. 뒷담 넘어 이웃이 있는. 뭐, 잠시 살 거지만."

아빠는 다시 술잔을 채웠다.

"나가서 축하하자. 바닷가에서 저녁을 먹는 거야!"

"제가 저녁 차릴 수 있어요."

"아니지, 아니야. 아빠나 되어서 아들 데리고 외식도 못 한다면 뭐가 잘못돼도 한참 잘못된 거지. 얼른 옷 갈아입어. 머리도 빗고. 엄마한테 전화하고. 함께 식사하자고."

"엄마는 안 오실 거예요."

"아마도, 아마도. 안 오겠지. 연락도 안 했는데 어떻게 알겠어."

아빠가 웃었다.

"괜찮아질 거야. 전에도 이런 적이 있어. 감성적이라서 말이야. 여자는 남자랑 사고 구조가 달라. 어서 축하할 일이 있다고 전화해."

"아빠, 엄마는 안 오실 거예요."

"내기할까?"

아빠가 제프에게 윙크했다. 제프가 옳았다. 엄마는 '장난쳐?'라고 답 문자를 보내왔다. 아빠는 안락의자에 앉아 졸고 있었다. 9시경, 제프는 스파게티 통조림을 데워 토스트에 얹어 먹었다.

부동산 중개업자의 예상이 맞았다. 그 주가 가기 전 한 부부가 항구가 내려다보이는 그 큰 집을 샀다. 이사 날짜는 5월 15일이었다. 아빠는 4주 안에 시내에 이사 갈 집을 알아보고 이삿짐센터를 알아봐야 했다. 차고가 두 개 딸린, 살림을 모두 넣을 수 있는 집을 찾아야 했지만, 살림 대부분은 보관 창고에 맡겨야 할 형편이었다.

제프는 이것으로 격변이 마무리되기를 바랐다. 음악이 흐르면 춤을 추고, 일시 정지 버튼을 누르면 춤도 멈추는 게임 같았다. 하나가 변하면 다른 것들이 연속해서 빠르게 원점을 향해 돌아갔다. 제프는 손가락을 펼쳐서 셌다. 하나, 경찰은 추가 소식이 없었고 둘, 엄마는 아직 모텔에서 지내며 변호사를 통해서만 말하려고 했고 셋, 누나는 마크라는 남자에게 빠졌고 베켓 형은 만나러 가지 않았으며 넷, 아빠는 회사에 갔지만 일찍 돌아왔다. 아무도 제프가 혼자라고 생각하지 않았다. 다섯, 학교는 여전했다. 아이들은 수군거리며 쳐다봤지만 점차 익숙해졌다. 매일 오는 밀물과 썰물처럼. 현재는 이사 준비 체제였다.

아빠는 신문에서 부동산 임대 면을 봤지만 집을 구하려는 다른 노력은 하지 않았고, 오직 엄마와 엄마의 변호사에 대해 걱정했다. 엄마는 모텔에서 지냈다. 여행사를 통해 할인을 받는 데다 적당한 집을 못 찾아서였다. 그 주의 특별한 일이라면 누나의 취업 면접뿐이었다. 식당 두 곳에 면접을 봤지만 떨어지고 슈퍼에 취직해 선반에 상품 진열하는 일을 했다. 주차장에서 만난 누나는 분홍색 유니폼을 입고 있었다.

"다른 일 찾으면 그만둘 거야."

누나가 말했다.

"일자리가 많지 않네."

아르고넛 여행사에서 누나를 쓰면 좋겠다고 제프는 말했다.

"엄마한테 일자리를 구걸하라고? 차라리 화장실 청소를 하지! 아니, 난 괜찮아. 난 내 밥벌이는 하니까. 마크에게 짐이 되고 싶지 않아. 그 사람 전 부인은 치과 의사야. 돈을 많이 버는데도 마크는 여전히 애들 양육비를 보내야 해."

누나의 눈에 화가 번졌다.

"그 여자 정말 이상해. 왜 그런 여자랑 결혼했는지 모르겠어."

제프는 누나의 달라진 모습이 불편했다.

"베켓 형 소식은 들었어?"

"누구? 아, 베켓 오빠! 그럼. 지난주에 편지도 받았어. 오빠가 마레나한테 편지를 보냈어. 마레나는 아직 학교에 다니거든. 요 며칠은 소식이 없네. 베켓 오빠는 새 교도소에서 잘 지내고 있대. 뉴질랜드에 돌아온 것만으로도 기뻐하더라."

그것으로 충분하지 않았다. 누나는 벌써 잊은 걸까? 제프는 이성적으로 말하려고 애썼다.

"오클랜드로 베켓 형 보러 간다는 말엔 뭐래?"

"당장은 힘들어. 돈도 없고."

누나는 보라색 매니큐어를 칠한 손톱을 들여다봤다.

"진짜 잘 지내고 있대. 자, 난 가 봐야 해. 마크가 돌아올 시간이야."

"다른 소식은 없어?"

제프가 간절하게 물었다.

"돌아오는 비행기에 관해서는 뭐라고 안 해? 공항에서 무슨 일이 있었대? 누나는 알지? 텔레비전 카메라와 기자들에 관해선? 뭔가 말했을 텐데."

"별일 없었다니깐. 주방에서 일할 거라고 하더라."

"무슨 주방? 감옥 안에서? 누나, 편지 보여 줘."

"지금 없어."

"뭐라고?"

"지금 없다고."

누나는 제프에게 손을 흔들었다.

"귀찮게 하지 마, 제프."

"알았어. 그러니까 제발 주소만이라도 알려 줘! 형한테 편지를 썼어. 제발, 누나! 제발 알려 줘."

"다음에 알려 줄게. 약속할게, 귀요미."

누나는 서둘러 자리를 떠났다.

방학식이 시작되는 토요일 아침이었다. 제프는 꼭 해야 할 일이 있었다. 평소처럼 제프는 언덕 아래 버스 정류장까지 발걸음 수를 세며 내려갔다. 버스를 타고 뉴타운으로 향했다. 메이지 할머니가 알려 주었던 뉴타운 오로라 시립 임대 주택을 찾아가려는 것이다.

전화부에는 오로라 양로원이라고 기록되어 있었다. 길 이름이 같으니 틀림없이 그곳이 맞았다. 제프는 뉴타운 쇼핑센터에서 버스를 내려서 길을 따라 걸었다. 길은 짧고 막다른 골목이었다. 모퉁이의 열린 대문 안으로 '오로라'라는 팻말이 보였다. 놓칠 수 없었다. 안에는 지붕이 있고 주차장이 있는 초록색 건물 두 동이 붙어 있고, 앞쪽으로 작은 정원이 있었다.

진입로를 따라 늘어선 큰 나무들의 잎이 우수수 떨어졌다. 잎들은 젖어 있었다. 제프는 B열을 따라 걸었다. 크게 7이라고 쓰인 문 앞에 멈춰 노크를 했다. 대답이 없었다. 제프는 다시 노크하고, 또다시 노크했다. 6호실 문이 열리더니 보행 보조기를 붙잡고 몸을 웅크린 남자가 나왔다.

"아무도 없다. 빈집이야."

"이 집에 사시는 엘리너 메이 콜드웰 부인을 찾는데요."

"부인이 아닐걸. 병동으로 옮겼다."

남자가 말했다.

병동이라는 말에 제프는 숨이 멎는 줄 알았다. 아픈가? 어디가 아픈 거지? 제프는 뒤로 물러섰다.

"고맙습니다. 그런데 병동은 어디 있어요?"

"끝으로 내려가. 찾을 수 있을 거야."

남자는 손을 흔들더니 보행기를 끌고 방으로 돌아갔다.

제프는 다른 B건물의 앞쪽 진입로를 걸었다. 28개의 방이 있었다. 콘크리트는 금이 가고 자갈로 구멍을 메꿔 울퉁불퉁했다. 제프는 조심조심 살피며 걸었다. 비가 오기라도 하는 것처럼 공기가 축축했다. 귀가 시렸다.

병원은 초록색 칠을 한 낡은 건물이었다. 휠체어 통행이 가능하고 차를 돌릴 수 있도록 크게 지어졌다. 현관문을 열자, 훈훈한 공기가 훅 끼쳤다. 제프는 꽃무늬 카펫이 깔려 있고, 현관 맞은편으로 의자 세 개가 놓여 있는 접수처로 들어섰다. 카운터에 몸집 큰 아주머니가 앉아 있었다.

"안녕? 누구를 찾아왔니?"

아주머니가 물었다. 아주머니는 친절하고 따뜻했다.

"예, 엘리너 메이 콜드웰 양이오."

"콜, 누구?"

아주머니는 잠시 어리둥절해 하더니 곧 알았다는 듯이 말했다.

"아, 메이지 양?"

"예."

아주머니는 컴퓨터로 뭔가를 확인하더니 미소를 거두고 손을 포갰다.

"친척이니?"

제프가 끄덕였다.

"누구랑 같이 왔니?"

"아니요."

제프가 조심스레 대꾸했다.

"엄마가 출근해서요."

"메이지 양 상태가 좋지 않은 건 알고 있니? 24시간 간호가 필요한 상황이란다. 네가 원하면 만나 볼 수 있지만, 아마 널 알아보지 못할 거야. 의식이 없어."

제프는 손을 마주 잡았다.

"뵙고 싶어요. 할머니는, 할머니는 제게 특별해요."

"데려다주마. 이리 오렴. 와 줘서 기쁘구나. 손자니? 아, 증손자구나. 메이지 할머니를 마지막으로 본 게 언제쯤이니?"

그가 생각을 더듬었다.

"2주일 전쯤에요."

"그럼 어떨지 알겠구나. 이름이 뭐니?"

"제프요."

"이쪽으로 오렴, 제프. 메이지 할머니는 조용한 편이

야. 몇 주 전에 돌아가실 줄 알았는데 기적적으로 회복했었지."

아주머니는 잠시 멈춰 문의 손잡이를 잡아당겼다.

"잠들어 계시네. 들어가 보렴, 제프."

문이 안으로 열렸다.

방은 작고 더웠으며, 통풍이 안 되고, 나쁜 냄새로 가득했다. 메이지 할머니는 하얀색 좁은 침대 위에 바로 누워 있었는데, 머리만 보였다. 평소 쓰던 모자도 없이, 새를 떠오르게 하는 앙상하게 마른 얼굴과 회색 머리카락만 보였다. 메이지 할머니의 입술은 아래로 구부러진 초승달 모양이었고, 눈은 반쯤 뜨고 있어 흰자위만 보였다. 그 흰자위 또한 누랬다. 메이지 할머니의 숨소리만 들릴 뿐이었다.

간호사는 빨간색 털실로 뜨개질을 하면서 침대 옆 의자에 앉아 있었다. 간호사가 돌아보자, 제프를 데려간 친절한 아주머니가 말했다.

"이 아이는 제프야. 증조할머니를 보러 왔대."

간호사는 뜨개질을 손에서 내려놓고 웃으며 일어섰다. 제프에게 의자를 권하면서 침대 쪽으로 고개를 끄덕이며 말했다.

"좋아 보이지 않니?"

"평화로워 보여요."

제프와 두 여자는 메이지 할머니를 내려다보며 잠시 함께 서 있었다. 짙은 안개를 뚫고 유리창을 통해 희뿌옇게 비치는 햇살은 침대 커버 위에 유리창 무늬를 새겼다. 그 아래, 메이지 할머니의 몸은 작은 둔덕을 만들고 있었다. 이미 반쯤은 세상을 떠난 사람처럼 보였다. 제프는 이 사람이 자신이 아는 메이지 할머니가 아니라는 것을 알았다. 엘리너 메이 콜드웰은 한 달도 더 전에 이 몸을 떠났고, 지금은 이 몸 안에 드림 키퍼가 자유를 위해 싸우는 중이었다. 제프는 모든 것을 알고 있었지만, 슬픔은 여전했다. 자신에게는 메이지 할머니와 드림 키퍼가 같은 사람이나 다름없었다.

"하고 싶은 말을 해 보렴. 들으실 수는 있을 거야."

간호사가 말했다.

"오래 못 버티실 거야."

안내해 주었던 아주머니도 말했다.

"몇 시간, 며칠. 얼마 남지 않았어, 제프. 우린 나가 있을게. 필요하면 버튼을 눌러라."

그들이 나가고 제프는 메이지 할머니의 고르지 않은 숨을 세며 침대 옆 의자에 고요하게 앉아 있었다. 메이지 할머니는 평화로워 보였다. 드림 키퍼는 먼 곳에서 왔고,

이제 가면 돌아오지 않을 것이다. 눈물이 목을 타고 흘러내렸다. 모두가 멀리 있다. 엄마, 아빠, 누나 그리고 베켓 형과 학교의 아이들. 아마 하얀 우주복을 입은 우주인이 퐁퐁 뛰며 영원한 어둠 속으로 사라졌듯 제프 또한 혼자 멀리 사라져 버릴 것이다.

제프가 큰 소리로 말했다.

"아직도 드림 키퍼에 대해 다 몰라요. 자꾸 물어볼 게 생각나요. 메이지 할머니, 할머니가 좋아요. 하지만 너무 늦었죠? 할머니는 이제 가야 하잖아요. 메이지 할머니가 아닌 건 알지만, 뭐라고 불러야 해요? 제게는 소중한 분이세요. 적어도 이름은 알아야 하잖아요."

그렇게 말하면서도 제프는 마음속으로 메이지 할머니의 입에서 숨이 오르락내리락할 때마다 숫자를 세었다. 할머니의 목에서 감지되는 뚜렷한 두 가지 소리였다. 127, 128.

"메이지 할머니, 내 말 들리죠."

제프가 몸을 가까이 기울이자, 귓속에 익숙한 압력이 느껴졌다.

"어떻게 알게요? 할머니한테서 빛을 느껴요. 음, 그게 빛이 맞는지 모르겠지만요. 뭐라고 불러야 할지 모르겠지만 어떤 에너지 같은 거예요. 이전만큼 강하진 않지만요."

제프는 폴이 자신의 집 지하실에서 '인생의 강'을 연주했던 것을 떠올렸다. 어떤 의미도 못 느꼈던 그 곡이 순간 떠올라 작은 개울이 강이 되고 강이 바다가 되어 흐르는 것처럼 그의 마음속을 흘렀다. 길 끝에 강은 소금을 가진 바다가 된다. 사람들은 어떻게 강이 끝나고 바다가 시작되는지 알까? 제프는 메이지 할머니의 손을 잡고 싶었지만 할머니의 손은 시트 아래 있었다. 닿을 수 있는 것은 푹 들어간 베개 위로 드러난 할머니의 얼굴뿐이었다. 제프는 몸을 일으켜 메이지 할머니의 이마에 입을 맞췄다. 그때 놀라운 일이 일어났다. 메이지 할머니가 크고 짙은 눈을 떴다. 초점도 또렷했다. 메이지 할머니는 입꼬리가 위로 올라가게 웃었다. 의식 있는 눈으로 제프를 올려다보았다. 제프를 알아보았다! 석탄처럼 까만 눈이 소리 없이 웃으며 빛을 내고 있었다. 그것은 기적이었다.

"메이지 할머니!"

제프가 외쳤다. 메이지 할머니는 아무 말도 하지 않았다. 미소는 점차 희미해졌고 눈꺼풀은 내려앉았다. 그게 끝이었다. 호흡은 있었지만 거칠었다. 깊게 들이마시고 거칠게 뱉었다. 창밖 안개가 걷히고 햇살이 메이지 할머니의 얼굴과 머리카락, 베개 위에서 빛나더니 침대를 가로질러 사라졌다.

제프는 자신이 더는 메이지 할머니의 숨소리를 세지 않는 것을 깨달았다. 그게 문제가 아니었다. 숨을 세며 메이지 할머니를 붙잡을 이유가 없었다. 제프는 수첩에 밑줄 친 두 문장을 떠올렸다. 메이지 할머니가 그에게 당부했던 말이다. 제프는 그 말을 큰 소리로 외쳤다.

"너에게 달렸어, 제프. 빛을 잡아."

제프는 자리에서 일어나 문으로 걸어갔다. 복도에는 아무도 없었다. 뒤돌아 메이지 할머니를 흘깃 보았다. 숨을 쉬느라 이불이 살짝 들리는 것이 보였다. 문을 조금 열어 놓고 떠났으니 간호사는 제프가 간 것을 알 것이다.

접수처는 비어 있었다. 점심시간인 듯했다. 엄마는 샌드위치를 준비해 제프를 기다리고 있을 테고, 제프는 엄마에게 가기 위해 기차역에서 버스를 갈아타고 부둣가를 걸을 것이다. 그리고 제프와 엄마는 갈매기와 비둘기에게 샌드위치 부스러기를 던져 주며 항구 안쪽으로 이동하는 보트들을 볼 것이다. 제프는 '인생은 강과 같다'는 가사와 멜로디를 떠올리려고 애쓰며 실버타운을 지나 자갈을 밟으며 걸었다.

제프는 슬프면서도 행복했다. 뒤섞인 두 가지 감정이 나쁘지 않았다. 그것은 마치 우주 비행사가 끝없는 공간으로 사라져 가는 것을 메이지 할머니가 멈추게 한 것 같은 느낌이었다.

제프의 평화는 엄마와 함께 점심을 먹으며 깨졌다. 엄마는 아빠가 집을 팔려는 것과 누나가 동거를 하는 데 화가 나 있었다.

"네 누나는 불행할 거야."

엄마가 말했다.

"잘 지낼 리가 없어. 놀랄 일도 아니지. 그 앤 자존심이 강해서 힘들단 말도 못 하거든. 내 새끼들에게 도대체 무슨 일이 생긴 거지? 모두 착한 아기들이었는데."

제프는 엄마의 화를 돋우지 않으려고 입을 다물었다. 어쨌든 제프는 카레가 들어간 에그 샌드위치를 부지런히 먹어 치웠다. 햇볕이 다리를 따뜻하게 감쌌다. 안개는 푸른 배경에 하얀 작은 구름 형태로 나뉘더니 걷혔고, 바람은 없었다. 배들은 잔잔한 바다에 그림자를 드리우며 부두에 정박해 있었다.

"생각이 있다면 방학 때 놓친 수업을 보충할 테지. 다음 학기엔 학교로 돌아갈 테고."

제프는 빵을 두 조각으로 뜯어 갈매기에게 던져 주었다. 페리 근처를 날던 갈매기와 비둘기, 오리가 떼 지어

발밑으로 날아들었다. 새들이 울어 대는 소리와 날개를 퍼덕이는 소리가 훑고 지나간 뒤 빵 조각은 보이지 않았다.

"그만해. 병균 덩어리야. 누나한테 꼭 말해라, 제프리."

"알았어요, 할게요."

"내 말뜻 알지? 무모한 열정으로 인생을 낭비하고 있다고 콕 짚어 줘. 네 누난 내 말은 안 들어도 네 말은 듣잖아."

"누나는 사랑에 빠진 거예요."

"사랑? 그 말이 무슨 뜻인지도 모를걸. 이제 열일곱 살이야. 그놈을 잡아다 흠씬 패기라도 해야지, 원."

새들은 경계하면서도 제프 가까이 다가왔다. 제프는 남은 샌드위치를 떼 주고 싶었지만 그럴 수 없었다.

"방학 동안 뭘 할 거니?"

"별거 없어요. 지난번에 축구 연습을 했는데, 이번엔 하키를 할까 싶어요."

"아빠는…… 어떻게 지내시니? 집 문제는 어떻게 됐어?"

"아빠는 앞으로 2주간 재택근무를 할 거예요."

제프는 반쯤 먹다 남긴 에그 샌드위치를 통에 넣고 뚜껑을 덮었다.

"집 문제는 저도 잘 몰라요. 아빠한테 물어보지 그러세요?"

엄마는 대답하지 않았다. 제프가 엄마를 돌아보니 입술을 꽉 다물고 있었다. 제프는 새를 셌는데, 셀 때마다 숫자가 바뀌었다. 제프가 어렵게 입을 뗐다.

"잘 먹었어요, 엄마."

엄마는 천천히 제프를 돌아보았고, 애써 웃었다. 그러고는 손가락으로 제프의 머리를 쓸어 넘겼다.

"마지막으로 머리를 자른 게 언제였지?"

엄마의 얼굴이 다시 밝아졌다.

일요일 오후, 제프는 폴과 함께 새로 개봉한 배트맨 영화를 보았다. 그리고 폴이 집으로 초대했지만 거절했다.

"아빠 저녁 식사를 챙겨야 해."

그건 사실이었지만 다른 이유가 더 있었다. 날마다 위스키를 마시는 아빠는 때때로 재떨이가 아닌 나무 탁자에 시가를 놓아두거나 가스레인지 끄는 것을 잊어버렸다. 그래서 저녁 시간에 제프가 집을 비울 수 없었다. 물론 폴네 집안의 소란스러움과 폴의 아빠가 집이 팔린 것을 걱정하는 마음도 불편했다.

집을 팔게 된 것은 사실 속상하지 않다. 항구 전경을 좋아하지만 집 자체는 너무 차가웠다. 쇼핑몰이나 비즈니스 센터처럼 휑했다. 너무 많은 유리, 대리석 바닥, 어느 한구석 안락한 데라고는 없는 탁 트인 공간.

제프는 시간이 갈수록 점점 더 외로웠다. 말을 나눌 사람이 없었다. 정원에는 식물만 좋아하는 말 없는 새 정원사가 있었다. 소렌슨 씨는 사람에 대한 애정과 관심이 있었던 에디 아저씨와는 달랐다. 아빠는 대부분의 시간을 사무실에 있거나 집 밖 항구를 보며 생각에 빠져 있었다. 시드니 사기 사건이나 엄마와 누나, 베켓 형에 대해 불같이 화를 내기도 했지만, 차갑게 식어 가는 담뱃재처럼 화는 잦아들었다. 완전히 타 버린 것이다.

일요일에 제프는 메이지 할머니에 대해 생각했다. 아직 살아 있는지 어떻게 하면 알 수 있을까 생각했다. 장례식에 가도 될까? 제프는 장례식에 가 본 적이 없었다. 아는 것이라고는 영화에서 본 게 전부였다. 장례식에 가려면 메이지 할머니와 가족 관계라는 것을 증명해야 할 것이다. 제프는 오로라 병원 사람들이 자신을 증손자로 믿게 둔 것이 후회됐다.

제프는 메이지 할머니가 죽음 같은 건 없다고 말하며 웃던 것을 떠올렸다. 그때만 해도 제프는 할머니가 다음 날에도 숨을 계속 쉴 거라고 생각했다. 물론 그렇지 않았다. 그것은 엔진이 낡아 멈춰 버린 낡은 차에서 내린 사람에 대해 이야기한 것이었다. 할머니는 그것을 뭐라고 했더라? 빌린 난파선.

비가 다시 내렸고, 차들은 젖은 도로 위를 휙휙 소리 내며 내달렸다. 정류장에는 버스를 기다리는 사람들의 우산이 서로를 찔러댔다. 언덕 위를 오르는 제프는 우비를 입지 않아 속옷까지 홀딱 젖었고, 머리에서 눈으로 물이 줄줄 흘러내렸다. 제프는 한기를 느꼈다. 제프는 자동 개폐기를 찾아 젖은 주머니를 뒤적거리며 유칼립투스 나무 아래에서 큰 소리로 외쳤다.

"메이지 할머니, 난 아직도 할머니가 어떻게 이 안으로 들어갔는지 모르겠어요."

그제야 누나의 자동차가 보였다. 작은 자동차가 빗속에 반짝이며 뜰 가운데 세워져 있었다.

10

떨어지는 물체가 종단 속도[12]에 이르려면, 항력[13]과 부력의 합이 그 물체에 작용하는 중력과 같아야 한다. 물체에 작용하는 모든 힘의 합이 0이면, 가속도도 0이다. 항력은 투영 면적에 의해 결정되는데, 그래서 낙하산처럼 중량보다 면적이 큰 물체는 총알처럼 중량보다 면적이 적은 물체보다 종단 속도가 낮다.

누나가 집에 돌아왔다. 컵을 손에 쥐고 식탁에 앉아 있는 누나의 눈에 눈물이 고여 흐릿했다. 누나 옆에 서 있는 아빠는 화를 내고 있었지만 누나에게 화가 난 것은 아니었다.

"내 손에 잡히기만 해 봐라. 세상에 태어난 걸 후회하게 만들어 줄 테니까."

둘 다 제프를 못 본 눈치였고, 제프는 냉장고에서 초코우유를 꺼냈다. 누나는 고개를 숙인 채 흐느껴 울었다.

"그 사람 잘못이 아니에요. 내가 그런 거예요."

12. 종단 속도 : 물체가 차츰 일정한 속도로 안정될 때의 속도.

13. 항력 : 비행시 공기 저항에 의하여 물체에 가해지는 힘.

마크가 부인에게 돌아간 것이다. 제프는 누나 자동차 뒷 좌석에서 가방을 보고 무슨 일이 생겼는지 짐작했다. 제프는 누나를 동정해야 했지만 그런 마음이 들지 않았다. 초코 우유를 꺼내 들고 식탁으로 가서 누나 앞에 앉았다.

"안녕, 누나."

누나는 쳐다보지 않았다. 누나의 헝클어진 긴 머리가 아무렇게나 얼굴을 덮었고, '좋은 날 보내란 말 같은 건 하지 마'라고 적힌 파란색 티셔츠를 입고 있었다. 누나에게 벌어진 일을 몰랐다면 그 말이 웃기다고 생각했을 것이다. 주머니에 손을 찔러 넣은 채 옆에 서 있던 아빠는 무슨 말인가를 하려고 입술을 씰룩거렸지만 입을 떼지 못했다.

"배 안 고파? 냉동실에 피자 있어."

제프가 말했다.

누나는 눈물을 글썽이며 제프를 돌아보았다.

"애들이 보고 싶어서야. 그게 이유야."

누나를 안아 줘야 했지만, 멀리 떨어져 있어 그럴 수가 없었다. 대신 누나 손을 잡았다.

"보고 싶었어, 누나. 돌아와 줘서 고마워. 어떤 피자를 줄까? 하와이안, 페퍼로니, 아니면 해산물? 누나가 좋아하는 크러스트 피자도 있어."

"아, 그만해. 귀요미."

누나는 그렇게 말해 놓고는 다시 고개를 푹 숙였다. 아빠가 제프를 돌아보았다.

"엄마한테 전화해. 좋은 소식이 있다고."

제프는 아빠한테 그래 봐야 소용없을 거라고 말하고 싶었다. 그런다고 엄마가 돌아오지 않을 것이다. 얼굴의 멍은 흐릿해졌지만 마음속 상처는 아직 그대로 남아 있을 테니까. 심지어 목소리도 엄하고 단호하게 변했다. 지난 일에 대해 입도 뻥긋할 수 없을 것이다.

아빠의 간절한 눈빛을 보고는 거절할 수 없어서 제프는 결국 전화를 걸었다. 예상대로였다. 엄마는 누나 걱정을 하기보다는 자기 예상이 적중한 것에 흥분해서 말했다.

"내 알 바 아니야. 그런 일을 벌일 나이가 됐으면, 스스로 해결할 나이도 된 거야."

다음 날 아침에도 누나는 자신의 이별에 대해 말하기를 꺼렸다. 누나는 평소와 다를 바 없었지만 조금 더 차분하고 나이 들어 보였다. 아침 식사 때 누나는 제프에게 짐을 풀지 않을 것이라고 말했다.

"다시 나가려고?"

제프는 놀라 물었다.

"모두 나가야 하잖아. 안 그래? 2주 뒤에 이사해야 한다며?"

제프가 끄덕였다.

"아무도 생각이 없는 거야. 아빠도 너도 집을 돼지우리로 만들어 놓고. 청소는 언제 마지막으로 한 거야? 더러워! 짐도 싸 놓지 않고! 폭격이라도 맞은 것 같아. 아빠는 마술봉을 흔들면 모든 게 해결될 걸로 믿는 거 아냐?"

"아마 그럴걸. 창고에 짐을 맡길 수 있는 이삿짐센터를 알아본댔어. 전문 청소업자도 부르고."

"뭐라고?"

누나가 미간을 찌푸렸다.

"짐을 다 창고에 보관한다고? 그러면 새로 이사 갈 집에는 뭘 가져가는데?"

"아직 집도 안 구했어."

누나가 눈살을 찌푸리자 제프는 마음이 불편했다.

"아빠는 엄마가 어떤 집을 원하는지 모르겠대. 그래서 당분간 모텔에서 지낼 거래."

"어느 모텔?"

제프가 바닥을 내려다보았다.

"마켓 모텔."

"엄마가 지내는 그 모텔?"

누나는 웃음을 터뜨렸다.

"늙은 여우 같으니! 아빠가 노력가인 거 인정하지. 엄마도 아셔?"

제프가 고개를 내저었다.

"엄마가 그냥 있지 않는다에 한 표! 우리가 들어가는 즉시 방을 빼서 나갈걸. 아빠는 도대체 무슨 생각인 거야?"

"나도 몰라. 엄마가 집을 나가고 나서 아빠는 약해지셨어."

"집에 들어왔는데, 냄새가 나더라고. 아빠가 술을 마시고 계셨어. 모습이 끔찍했어."

"이제 누나가 있으니까, 괜찮아질 거야. 아빠가 누나를 많이 보고 싶어 하셨어."

누나는 제프를 차갑게 쏘아보았다.

"시작도 마."

"뭘?"

"감정적 협박. 좋아, 귀요미. 어쨌든 지금은 당장 컴퓨터 전원을 끄고 진짜 일 좀 해 보자. 너랑 나랑은 당장 돼지우리 같은 이 집부터 치우자고!"

예전처럼 누나랑 뭔가를 한다는 생각에 제프는 기분이 좋았다. 그러나 그보다 먼저 해야 할 일이 떠올랐다.

"누나, 형 주소를 주겠다고 했잖아."

아빠는 나무 의자 밑 콘크리트 바닥에 신문을 놓아두었다. 항구가 내려다보이는 낮은 담 가까이였다. 산들바람에 신문 모서리가 펄럭였다. 바람이 조금 거세게 불자, 신문은 정원 쪽으로 흩날려 갔다. 제프는 신문을 치우러 나갔다. 커다란 보라색 고무장갑을 끼고 창문을 닦던 중이었다. 제프는 탁자 위에 신문을 올려놓기 위해 고무장갑을 벗었다. 그때 부고란이 보였다. 제프는 손가락으로 글자를 훑었다. '엘리너 메이 콜드웰, 89세. 오로라 교회에서 장례식.' 글자 위에서 손가락이 얼어붙었다. 장례식은 오늘 오후 3시였다.

제프는 대리석 바닥 위로 대걸레를 끌고 가던 누나에게 신문을 건넸다.

"봐, 그 할머니야, 누나. 돌아가셨어."

어리둥절해 하는 누나에게 제프는 자세히 설명해야만 했다. 누나는 신문을 받아 기사를 읽었다.

"89세. 샌드위치 챙겨서 소풍 갈 나이는 아니네."

"장례식이 오늘 오후야. 가고 싶어."

"거긴 왜?"

누나가 놀라서 물었다. 집을 청소하던 중이라 설명하기 난처했다.

"그냥 가고 싶어. 아니, 가야 해. 누나가 같이 가 줘. 제발, 누나."

"도대체 알지도 못하는 사람 장례식엔 왜 가야 한다는 거야?"

"난 그 할머니를 알아, 누나. 더구나 난 장례식에 한 번도 가 본 적이 없어. 혼자 가고 싶지 않아. 제발! 할머니한테 빚진 게 있잖아."

"폭풍우에 여기 있었던 것 때문이야? 오, 제프! 우린 그 할머니한테 어떤 잘못도 한 게 없어. 난 장례식 따윈 싫어."

제프는 누나에게서 신문을 빼앗았다.

"좋아. 버스 타고 가지 뭐."

누나가 다시 신문을 빼앗았다.

"어디라고? 오로라 교회?"

"뉴타운에 있어."

"알았다, 알았어."

누나는 패배의 미소를 지었다.

"내가 왜 엄마한테 안 가고 여기로 왔는지 알지? 당연히 알겠지. 내 사랑 귀요미가 여기 있으니까. 그러니 내게 고맙다고 절이라도 해야지. 뭐, 장례식장에 내가 데려다줄게. 단, 잠깐만이야. 도착하면 얼른 들어갔다 잽싸게 나오고, 바로 돌아오기다! 알겠지?"

"알았어. 백만 번 고마워, 누나."

제프는 누나를 안으려 했지만, 누나는 바닥에 떨어진 걸레를 주우려 몸을 돌려 버렸다.

둘은 1시가 되기 전에 출발할 예정이었다. 제프는 장례식에 가는 것 때문에 흥분하는 건 바람직하지 않다고 생각했다. 하지만 다른 말로 표현할 방법이 없었다.

제프는 항구 위로 끝없이 펼쳐진 하늘을 보았다. 푸른 하늘에 메이지 할머니가 지팡이를 흔들며 공기처럼 떠 있는 상상을 했다. 그것은 두 명의 메이지거나 혹은 아무도 아닐 것이다.

누나는 운전하고 제프가 길 안내를 했다. 누나는 제프에게 어떻게 오로라 아파트 가는 길을 알고 있는지 묻지 않았다. 누나는 그런 것에 관심이 없었다. 제프와 메이지 할머니 사이에 있었던 일들에 관심이 없는 것처럼. 누나

마음에는 다른 생각이 가득했다. 제프는 누나가 오직 자신을 위해 이 일을 해 주고 있다는 것을 알았다. 마음이 따뜻해졌다. 약속하고도 잊어버리던 누나다. 더구나 이건 약속한 일도 아니다. 깜짝 선물인 것이었다.

누나의 차가 거친 진입로 위를 지나느라 덜컹거리며 녹색 상자 같은 아파트를 지나쳤다. 병원을 지나 모퉁이에 있는 주차장 근처에 교회 간판을 내건 건물이 있었다. 주차장에는 두 대의 차가 세워져 있었고, 건물 앞쪽에 검은색 장의차가 있었다.

"장례식이 조촐하네. 사람이 거의 없어."

누나의 예상은 틀렸다. 교회 안은 사람들로 꽉 차 있었다. 대부분이 휠체어를 탄 사람들, 보행 보조기에 의지한 나이 든 사람들이고, 젊은이들은 대개 그들을 간호하는 사람들이었다. 메이지 할머니의 병실로 제프를 안내해 주었던 아주머니도 있었다.

"저 사람들이 다 어떻게 온 거지?"

누나는 놀라워했다.

"다들 여기 살아."

제프가 속삭였다. 제프와 누나가 안으로 들어서자, 사람들이 돌아봤다. 그들은 복도 근처 뒤쪽 자리에 앉았다. 제프는 앞쪽에 놓인 나무관을 보았다. 관 위에 꽃이 놓여 있었다. 누나가 일하던 슈퍼마켓에서 들었던 음악이 잔잔하게 흘렀다. 물이 똑똑 떨어지는 분수가 있는 작은 연못도 있었다. 제프는 손으로 음악의 장단을 맞추다 전혀 다른 곡이라는 것을 깨달았다. 다른 손으로는 분수에서 떨어지는 물방울의 리듬을 맞췄다.

제프는 죽은 사람이 소리를 들을 수 있는지 궁금했다. 어쩌면 망자의 영혼이 자신의 장례식에 온 사람들이 하는 말을 들으려고 떠돌고 있을 수도 있다는 생각이 들었다. 그러나 몇 주 전에 몸을 떠났던 메이지 할머니나, 할머니의 몸을 빌렸던 드림 키퍼는 그러지 않을 것이다.

잠시 후, 제프는 손가락으로 의자 가장자리를 두드리던 것을 멈췄다. 음악도 멈췄다. 실내에 있는 모든 사람이 숨을 멈춘 듯 고요해졌다. 실제로 숨을 멈춘 것은 아니지만. 제프는 노인들의 숨소리를 들을 수 있었다. 물 흐르는 소리보다 더 컸다.

커튼 뒤에서 검은 정장을 입은 남자가 나왔다. 그리고 엘리너 메이 콜드웰에 관해 말했다. 그 열에 앉았던 다른 사람들도 한 명씩 나와 메이지에 관해 말했다. 침대 곁을 지키던 간호사는 메이지가 끝까지 선한 삶을 추구했다고 말했다.

"메이지는 갓난아기를 위해 모자를 뜨고, 사람들에게

카드놀이를 가르쳤죠. 몸도 좋지 않은데 갑자기 사라져 버려서 모든 직원이 찾아 헤매기도 했지요. 폭풍우 치던 날 길을 잃고 시립 병원에 옮겨졌지만, 다음 날 병원 가운과 타월을 걸친 채 자기 방에 나타나기도 했어요. 메이지는 그냥 병실을 걸어 나가고는 했다니까요."

사람들이 웃었다. 모두가 아는 이야기인 듯했다.

"조금 더 설명이 필요할 것 같군요."

간호사가 덧붙였다.

"그게 바로 메이지였어요. 누구도 메이지에게는 명령을 내릴 수 없었지요. 제2차 세계 대전 때 메이지는 영국 공군이었어요. 지상을 떠난 적이 없는 폭격기 조종사였지요. 메이지는 활주로 주위에서 큰 비행기를 천천히 몰면서 비행할 조종사를 위해 엔진을 가속하는 일을 했어요."

그때 한 남자가 앞으로 나서더니, 작동하는지 알면서도 마이크를 톡톡 두드렸다.

"메이지는 곡괭이 같은 날카로운 혀를 가졌죠. 한번은 내가 꽃을 줬더니 나에게 부두로 산책하러 나가자고 했다니까요."

왁자지껄 웃음이 터졌다. 제프는 노인들이 그의 이야기를 곧이곧대로 믿지 않는다는 것을 알아차렸다. 남자는 히죽거리며 당황한 척하더니 덧붙여 말했다.

"모두 그녀가 위대한 이야기꾼이라는 것만은 인정할 겁니다."

제프는 집중해서 들었다. 제프는 드림 키퍼가 이야기를 만드는 진짜 메이지였는지 의아했다. 그럴 수도 있다. 메이지 할머니가 그에게 말했던 것들은 환상적이고 재미있는 이야기였고, 그중 어떤 일들이 현실과 우연히 일치했던 것일 수도 있다. 제프는 누나의 반응을 살폈지만 별다른 반응이 없었다. 누나는 고개를 숙이고 전화기를 꺼내 누군가에게 문자를 보냈다. 제프는 상대가 마크가 아니기를 바랐다.

어떤 사람은 메이지가 건물 정원에서 꽃을 모조리 뽑아내고 야채를 심었다고 했다. 다른 사람은 노동당원이었던 메이지에 관해 말했다. 마지막으로 정장 입은 남자가 다시 단상 위에 올라 책을 펼치고 읽기 시작했다.

"하느님이 말씀하셨다. 나는 세상의 빛이다. 나를 따르는 자는 어둠 속에서 헤매지 않는다. 그는 인생의 빛을 가질 것이고……."

빛, 메이지 할머니가 제프에게 했던 말이다. 빛을 잡아라.

사람들이 모두 일어나서, 메이지 할머니의 애창곡 '아름다운 작은 섬'을 불렀다. 한 번도 들어본 적이 없었지만 제프도 누나도 일어섰다. 누나가 제프를 강하게 쿡쿡 찌르며 말했다.

"누구냐고 묻기 전에 얼른 가야 해."

교회에서 멀어지자, 누나가 말했다.

"이제 장례식이 어떤 건지 알겠냐? 만족해?"

"응, 만족해. 데려다줘서 고마워, 누나."

"장례식이 끝나면 보통 다과를 함께해. 샌드위치를 먹거나 홍차를 마시면서 이야기를 나누지. 우린 거기 낄 수 없잖아."

"알아."

누나는 제프를 다른 곳으로 데려가고 싶어 했다.

"다섯 시네. 배고프면 중국집에 들를 수도 있는데."

"아냐. 청소부터 마치는 게 좋겠어."

제프는 술병을 옆에 놓고 나무 의자에 앉아 항구를 내려다볼 아빠를 떠올렸다.

언덕 꼭대기 집. 제프는 문을 여는 버튼을 눌렀다. 철문이 스르르 안으로 열렸다. 누나가 차고 앞으로 차를 몰았다. 제프는 누나가 주차하는 동안 차에서 내려 집 안으로 들어갔다.

아빠는 늘 있던 곳에 없었다. 해는 졌고 공기가 서늘했으니 놀랄 일은 아니다. 아마도 사무실에 있을 것이다.

"우리 왔어요, 아빠!"

제프가 재킷의 지퍼를 내리며 불렀지만 대답이 없었다. 제프는 아빠의 사무실로 걸어 들어갔다. 전등은 켜 있고 컴퓨터도 윙윙거렸지만 아빠는 없었다.

"아빠? 어디 계세요?"

그때 절박한 신음 소리가 들렸다. 제프는 부모님 침실로 뛰어갔다. 아빠가 바닥에 쓰러져 있었다. 한쪽 눈은 거의 감겼고, 다른 쪽은 크게 부릅뜬 채 몸을 웅크리고 있었다.

"아, 아!"

아빠는 반바지에 회색 줄무늬 셔츠 차림이었다. 제프를 향해 굽은 손을 뻗었다. 그러다 바닥에 그대로 쓰러졌다. 입에서 침이 흘러나왔고, 뭔가를 말하려고 몸부림을 쳤다.

"욱!"

"누나! 누나!"

제프는 다급한 목소리로 누나를 부르며 방에서 뛰어나갔다.

누나가 옳았다. 뇌졸중이었다. 구급대원들은 아빠를 들것에 실어 침대 높이만큼 위로 올렸다. 하지만 아빠를 곧장 데려가지 않았다. 주사를 놓고 심장 박동을 듣기 위해 셔츠 단추를 끌렀다. 가슴에 패치를 대고 기계에 줄을 연결했다. 아빠의 코 위에 산소마스크를 씌웠다. 아빠는 끙끙거리는 소리를 내며 눈을 떴고, 한 사람에게서 다른 사람으로 눈동자를 굴렸다. 크게 부릅뜬 눈에는 두려움이 가득했다. 제프는 앞으로 다가가서 두 손으로 아빠의 손을 잡았다. 그러나 구급대원들이 호송하려고 해서 손을 놓아야만 했다. 제프는 누나 옆으로 물러섰다.

엄마는 누나 전화를 받고 바로 출발한 모양이었다. 다행히도 아빠가 집에 아직 있을 때 도착했다. 덕분에 구급대원이 묻는 말에 엄마가 답할 수 있었다. 엄마가 아니면 대답하기 어려운 질문들이었다. 아빠의 주치의가 누군가? 어떤 약을 복용 중인가? 건강 보험은 가입했는가? 엄마는 차분하게 대답했다. 조금 떨고 있었다.

아빠의 부릅뜬 눈이 엄마를 발견하고, 아빠는 무슨 말인가를 하려고 애썼다. 손으로 산소마스크를 떼어 내고 침을 흘리면서 엉엉 우는 듯한 소리를 냈다. 엄마는 고개를 돌렸다.

"바보같이!"

엄마가 말했다. 화를 내는 게 아니라, 걱정하는 투였다. 구급대원들이 들것을 침실 밖으로 내갔다. 흰 복도를 지나 거실 모퉁이에 이르렀다. 누나와 제프는 열어 놓은 문을 붙잡았고, 엄마가 뒤따랐다.

밖은 어두웠다. 그들이 아빠를 구급차에 태우자, 누나는 구급대원 중 한 명을 붙잡고 물었다.

“내 동생이 같이 가도 될까요?”

남자가 제프를 돌아보자, 제프는 엄마를 돌아보며 말했다.

“엄마, 구급차에 얼른 타고 가요.”

엄마가 고개를 내저었다.

“아빠는 엄마가 필요해요! 엄마가 가야 해요.”

제프는 단호하게 말했다.

남자는 이제 엄마를 쳐다봤다. 엄마는 떨고 있었다.

“애들 곁에 있어야 하는데.”

제프가 엄마의 팔을 붙잡고 구급차로 이끌었다.

“엄마, 아빠랑 가요!”

제프는 자신의 목소리를 들었다. 강한 바람처럼 단호했다.

“제프하고 있어라, 앤디. 내 걱정은 말고.”

“저희와 같이 앞에 앉으세요.”

구급대원이 엄마에게 말했다. 엄마가 차에 오르자, 다른 대원이 아빠와 함께 뒤에 타고 문을 닫았다.

구급차가 대문을 통과해 나갔다. 누나는 제프가 생각하고 있는 것을 입 밖에 냈다.

"아빠보다 엄마가 더 무서워하네."

"아빠는 괜찮으시겠지, 그렇지?"

제프가 물었다. 누나는 팔로 제프의 어깨를 감쌌다.

"물론, 괜찮으실 거야. 요새 뇌졸중은 아무것도 아냐."

그러나 제프는 둘 다 장례식에서 본 휠체어 탄 사람과 목발 짚은 사람들을 떠올리고 있다는 걸 알았다. 메이지 할머니를 위해 장례식에 간 건 옳았지만 그들이 집에 있었다면 아빠가 좀 더 빨리 도움을 받았을 것 같아 후회됐다. 어떻게 옳은 일과 옳지 않은 일이 동시에 일어날 수 있나?

그날 밤 제프는 누나에게서 교도소 주소가 적힌 편지 봉투를 건네받고, 형에게 다섯 장에 걸쳐 장문의 편지를 썼다.

엄마는 집으로 돌아오지는 않았지만 직장을 그만두었다. 매일 아침 집에 와서 여러 가지 일을 처리하고, 오후에는 아빠를 보러 함께 병원에 갔다.

처음 이틀 동안 아빠는 중환자실에 있었다. 튜브들이

기계와 수액에 연결돼 있었다. 아빠는 아무 말도 못 했지만 그들이 거기 있다는 것은 아는 것 같았다. 엄마는 아빠 곁에 앉아 손을 잡고 말했다.

"여보, 당신이 이삿짐센터에 예약했는지 알아야 해요. 예약을 했으면 내 손을 한 번, 안 했으면 두 번 꽉 쥐어요."

아빠는 두 번 손을 잡았다.

"안 했다는 뜻의 두 번이지요? 한 번 더 확인해 줄래요? 예약이 중복되면 안 되잖아요. 아주 잘했어요. 안 했군요. 그럼 우리가 할게요. 창고에 대해서도 똑같이 할 수 있죠? 창고를 예약했나요? 예약했으면 한 번, 아니면 두 번."

의사는 아빠가 수일 내로 가족과 이야기할 수 있을 거라고 말했다. 그때까지 손이 의사소통의 수단이었다. 엄마는 천천히 이삿짐센터의 이름을 읽었다. 아빠의 손이 움직이지 않았다.

"당신이 원하는 회사가 없다는 거지요?"

손을 한 번 잡았다.

"내가 선택할까요?"

손을 한 번 잡았다.

"잘했어요, 여보. 이제 창고 회사예요. 싼 곳은 시외에 있어요."

몇 주 동안 말을 하지 않던 두 사람이 처음 나누는 대화가 이런 주제인 게 낯설었다. 그러나 엄마가 이 일들을 해 주어 기뻤고, 아빠도 안심하는 눈치였다.

집에 돌아와서는 찬장과 서랍 청소를 했다. 엄마는 비닐봉지 꾸러미를 가져왔다. 검은색은 쓰레기용, 초록색은 구세군에 보낼 물건들을 담았다.

"필요 없는 물건 때문에 창고비를 낼 필요는 없어."

엄마가 일정표를 냉장고에 붙이면서 말했다. 다음 주 목요일 이사 준비를 위해 언제까지 무슨 일을 해야 하는지 적혀 있었다. 잠자고 먹고 병원에 가는 시간 외에는 쉬는 시간이 없었다. 이런 변화는 엄마 입장에서 보면 묵은 감정이 다 사라졌다는 것을 의미했다. 불평이나 잔소리는 엄마가 지칠 때 튀어나왔다. 대부분 소소한 것이었다.

"아빠랑 너랑 아무것도 하지 않고 있었다는 게 믿기지 않는구나."

엄마가 제프에게 쏘아붙였다. 아무것도? 컵을 씻거나 바닥을 닦는 것을 말하는 건가? 제프는 엄마에게 말하고 싶었다. 아무것도 안 한 게 아니에요. 우리는 생존하고 있었다고요.

아빠는 회복 단계에 있는 여러 명의 뇌졸중 환자들이 입원한 병실로 옮겨졌다. 여전히 모니터에 연결돼 있었지만 튜브는 없었다. 수요일 오후에 제프가 병원을 방문했을 때, 아빠는 오른손에 컵을 쥔 채 침대에 누워 있었다. 아빠는 빨대로 차를 마셨다. 아직 입이 부분적으로 마비되어 있었기 때문이다.

아빠는 항상 가족들을 반겼지만, 말을 하려고 하면 단어들이 무뎌진 혀끝에 매달린 채 고군분투했고, 턱 아래로 침을 흘렸다. 엄마가 휴지로 얼굴을 닦아 주었다.

"아름다운 꽃 선물 받았어요. 여보, 이 꽃을 보낸 사람은 이 계절에 장미와 튤립을 어디서 구했을까요? 회사 직원들이 보낸 거예요?"

"에샤."

아빠가 말했다.

"에샤?"

제프는 꽃다발에 꽂힌 카드를 펼쳐 보았다.

"에디 아저씨예요. 아시죠? 정원사였던."

"에디? 아."

엄마가 아빠의 입술을 휴지로 닦았다.

"멋지네."

엄마는 휴지를 쓰레기통에 버렸다.

"음, 이제 다 끝냈어요. 내일 이사할 수 있게 말이에요. 오늘 저녁 우리는 모텔에서 지낼 거예요. 금요일 아침에 다시 가고. 마지막 청소를 마치면 부동산 중개인에게 열쇠를 넘길게요. 당신은 아무 걱정 말아요. 다 됐어요."

아빠는 컵을 내려놓고 엄마의 손을 잡았다.

"그마우.(고마워.)"

"전화는 금요일부터 끊길 거고, 신문도 취소했어요. 아, 헨리 소런슨도 좋아했어요. 새 집주인이 그를 계속 고용하겠다고 했거든요."

아빠는 고개를 돌려 누나를 보았다.

"학교는?"

또렷하게 말했다. 누나는 어떻게 답해야 할지 몰랐다.

"알아보고 있어요, 아빠."

누나는 멋쩍게 웃었다.

아빠가 웃을 때면 가면을 쓴 것처럼 얼굴 반쪽은 웃고 반쪽은 울었다. 하지만 제프는 아빠의 웃는 얼굴만 보려고 애썼다.

"어제 마른 형사가 다녀갔다고 엄마가 말해 주셨어요?"

그 말에 아빠가 재빨리 엄마를 돌아봤다.

"잡았대요."

엄마가 말했다.

"줄리어스 클락, 일명 워런 스탠턴 존스가 남프랑스에서 체포됐어요. 서너 나라에서 더 사기를 쳤더군요."

엄마는 다른 이야기는 하지 않았다. 형사가 돈을 찾을 가능성이 거의 없다고 말했던 것이다.

금요일 아침, 제프는 잔잔한 바람에 나부끼는 푸른 비단처럼 빛나는 항구를 내려다보며 나지막한 담에 서 있었다. 정원 가구만 없을 뿐 정원은 그대로였다. 콘크리트 화분에서 자라는 작은 나무, 장미, 허브, 선인장 그리고 커버를 덮어 놓은 수영장, 단정하게 정리된 오솔길 옆으로 키 큰 정원수들.

대문 옆 부러진 유칼립투스는 깔끔하게 손질이 되었지만 제프는 지날 때마다 생각이 났다. 뻗쳐 나온 하얀 다리, 젖은 옷, 나뭇가지들. 몇 년 전 일처럼 아득했지만 두 달도 안 된 일이었다.

이날 아침은 쿡 스트리트의 맞은편으로 보이는 카이쿠라 산 위 흰 눈이 그대로 보일 만큼 청명했다. 섬을 오가는 페리는 항구 밖을 유유히 흘러 다녔다. 집에서 내려다

보면 페리는 목욕탕에 떠 있는 흰 장난감 같았다. 담장 밖으로 손을 뻗으면 집을 수 있을 것만 같았다. 이런 풍경은 그립겠지만, 이 집은 그립지 않을 것이다. 이제 모든 가구를 치워 집은 속이 빈 조개껍데기처럼 텅 비었다. 침대, 탁자, 의자는 더 이상 없었고, 사람의 흔적이 하나도 남아 있지 않았다. 하얀 벽, 희고 둥근 천장, 흰 대리석 바닥의 검은 얼룩만이 속이 비었다고 외쳐 댔다.

마켓 모텔은 괜찮았다. 제프와 누나, 엄마는 이틀 동안 그곳에서 지냈다. 제프는 거실에서 자고, 엄마와 누나는 트윈 침대에서 잤다.

아침에 그들은 서로의 가방에 발이 걸려 넘어졌고, 차례로 욕실을 사용하고, 숟가락으로 통조림 복숭아를 떠먹었다. 뒤죽박죽 엉망인 게 폴네 집 같다고 생각했다. 게다가 모텔은 방마다 한 대의 주차 공간만 제공했다. 그래서 자동차 두 대를 겹쳐서 주차해야 했다. 다행히 누나 차가 작아 세울 만했지만 어딘가를 가려면 어느 차든 빼내야 해서 불편했다.

제프는 그런 일이 얼마나 자주 생기는지 세었다. 제프는 아빠가 퇴원할 때까지 모텔에서 지낼 거라는 것을 알고 있었다. 몇 주는 걸릴 거라고 엄마가 말했다. 재활 훈련은 시간이 걸리기 때문이다. 아빠는 마비되었던 왼쪽 몸을 사용하는 훈련을 해야 했고, 하루 만에 회복되지는 않을 것이다.

"아빠가 퇴원하더라도 완치된 게 아냐. 더 치료를 받아야 할 거야. 하지만 아빠를 알잖아. 적극적으로 극복해낼 거야."

엄마는 확신에 차서 손뼉을 쳤다.

"우리가 살 집은 통행이 쉬운 집이어야 해. 계단이 없는."

제프는 엄마가 우리가 살던 집에 대해 말하지 않는 걸 알았다. 단 한마디도 하지 않았다. 마치 집 때문에 크게 다툰 적이 없는 사람처럼. 제프는 좋지만 이상하다고 생각했다.

섬을 오가는 페리가 쿡 해협에서 나갈 시간이 될 때쯤 누나가 가야 한다고 외쳤다. 제프는 돌아섰다. 더는 집을 둘러볼 필요가 없었다. 제프는 마지막으로 정원을 둘러보고 대문 옆 유칼립투스 나무에게 작별 인사를 건넸다.

변화는 자연스럽게 일어났다. 오른손잡이가 된 아빠는 재활 병동에서 사인을 했고, 집 매매 대금을 완전히 지불받자 의뢰인의 돈을 안전한 예금에 재투자했다. 그것은 아빠에게 큰 사건이었다. 엄마는 아빠 어깨에서 한 짐을 덜었다고 말했다. 아빠는 활력을 되찾고 운동에 열중했다. 한마디씩 하던 말은 완벽한 문장을 구사하기 시작했다.

사무실의 다른 회계사들이 거의 매일 일과가 끝난 뒤 아빠를 보러 왔다. 그들은 아빠에게 회사 소식을 알려 주었고, 질 좋은 포도주나 위스키를 몰래 가져다주겠다고 했다. 제프는 그 말이 농담이기를 바랐다. 뇌졸중을 앓고 술을 마시지 않자, 아빠의 눈이 맑아졌던 것이다.

엄마는 아빠를 위해 도서관에서 책을 빌려 왔지만, 아빠는 열심히 보지 않았다. 아빠는 누나가 가져다준 타임지나 신문, 골프 잡지를 더 좋아했다.

어느 날 밤 누나는 법에 대한 자신의 마음이 변했다며 갑작스레 간호사가 되겠다고 말했다.

"아빠한테 말하지 말아요."

누나가 엄마와 제프에게 말했다.

"아빠는 내가 변호사가 될 거라 믿어요. 아빠를 실망시켜 드리고 싶지 않아요."

제프가 어깨를 으쓱했다. 제프는 아빠가 조금도 화내지 않을 거라고 생각했다. 제프는 메이지 할머니가 유칼립투스 나무 아래에 나타났을 때, 누나가 어떻게 그 할머니의 맥박을 확인하고 구급차를 부르라고 했는지를 기억했다. 누나는 훌륭한 간호사가 될 것이다.

개학 날 윌슨 선생님은 행복해 보였다. 선생님은 선생님이랑 만나지 않았던 지난 2주 동안 아이들이 얼마나 컸는지, 아이들과 떨어져 지낸 동안 자신이 얼마나 더 젊어졌는지를 경쾌하게 말하며 교실 주위를 바삐 돌았다.

"이 수학 문제 좀 봐라. 머리 좀 굴려 보자. 이런 문제의 전문가인 폴과 제프도 귀를 쫑긋 세워 봐."

선생님은 책상에 몸을 기댔다.

"폭풍우에 오도 가도 못하게 된 세일즈맨이 셋 있었어. 도로가 침수되어 그들은 어디도 갈 수 없게 됐지. 다행히 숙박비가 10달러라고 적혀 있는 모텔이 하나 있었다."

"10달러? 말도 안 돼."

살로사가 되물었다.

"오래전이라고 치자."

윌슨 선생님이 대답했다.

"세 명의 세일즈맨은 방을 세 개 달라고 했지. 모텔 매니저는 미안하지만 방이 하나뿐이라고 했어. 하지만 침대가 세 개라고 말했지. 없는 것보다는 다행이지 뭐야.

그래서 세 명의 세일즈맨은 각자 10달러씩을 내고 그 방에 들어갔단다."

제프는 우스웠다. 남자 셋이 한 방에? 윌슨 선생님이 텔레파시를 이용한 것이 틀림없다. 남자들은 겹쳐 자더라도 상관없었고, 벽에는 노트북 크기만 한 스크린 텔레비전이 걸려 있었겠지.

"매니저는 도리를 아는 사람이었어."

윌슨 선생님이 계속 말했다.

"그는 30달러를 들여다보며 방 하나 가격으로는 너무 많다고 생각했지. 그래서 벨보이를 불렀어."

"벨보이가 뭐예요?"

누군가 물었다.

"학교 종을 울리는 사람."

누군가 대답했다.

"그는 포터야. 짐을 옮기거나 심부름을 하지."

윌슨 선생님이 말했다.

"그는 벨보이를 불러 5달러를 주며 세 남자에게 환불해 주라고 말했어. 하지만 벨보이는 세 명에게 5달러를 환불하는 것은 바보 같은 짓이라고 생각했지. 그래서 2달러는 자기가 챙기고 3달러만 세일즈맨에게 돌려주었어. 이해했니?"

"이게 수학 문제예요?"

폴이 물었다.

"아직 안 끝났어."

선생님이 말했다.

"각자 1달러씩 돌려받은 세일즈맨들은 몹시 기뻐했어. 그건 각자 9달러씩 지불했다는 뜻이야. 여기서 문제! 9 곱하기 3은 27이지. 그리고 벨보이는 2달러를 가졌고. 더하면 29달러. 1달러는 어디로 갔을까?"

"헉, 다시 말해 주세요, 윌슨 선생님."

윌슨 선생님은 즐거운 듯 크게 웃었다.

"세 명이 각자 9달러씩 지불했어. 그러니까 27달러. 벨보이가 2달러를 가졌지. 그러니까 29달러. 1달러가 사라졌다. 어떻게 된 걸까?"

교실 안이 술렁거렸다. 하지만 제프는 답을 알았다. 그리고 손을 들었다.

"문제가 문제인 문제네요. 선생님이 제시한 방법이 답이에요."

제프가 말했다.

"숫자조차도 방법이 틀리면 거짓이 되는 거지요."

제프는 방과 후에 병원에 갔다. 아빠는 창문 옆 휠체어에 앉아 있었다. 말은 아직 어눌했지만 왼손으로 소프트볼을 얼마나 꽉 잡을 수 있는지 보여 주었다. 걷는 것도 좋아졌다. 수영장 안에서 걸을 수 있었다. 물리치료사는 양쪽 바를 잡고 걷는 훈련을 계속 시켰다.

"곧 퇴원할 수 있을 거야."

아빠가 말했다.

아빠는 살이 빠졌다. 포옹할 때마다 아빠의 어깨뼈와 등뼈가 만져졌다. 제프는 창문에 기대서서 아빠에게 학교에서 윌슨 선생님이 내주신 수수께끼 같은 수학 문제에 대해 말했다. 아빠는 웃더니 입술을 닦으며 엄마에 대해 물었다. 몇 시에 퇴근하니? 언제 온다던? 엄마를 날마다 만나지만 아직도 물었다. 제프는 아빠의 불안증 또한 뇌졸중 때문이라고 이해했다.

이상한 일이었다. 제프는 자꾸 아빠를 보듬어 주고 싶었다. 제프는 꽉 틀어쥔 아빠의 양 손가락을 쓰다듬었다. 잠옷 깃을 바로 잡아 주고 병원 신세를 지는 동안 약해진 발에 슬리퍼를 신겨 주었다. 전에는 이런 적이 없었다. 뭔가 달라졌다. 아마 이것이 빚인 것 같았다. 아빠는 힘센 팔을 들어 제프의 머리를 끌어안고는 볼을 비볐다.

제프는 기뻤다. 그때였다.

"아빠에게 온 편지가 있어요."

제프가 말했다.

"편지?"

"읽어 드릴까요?"

제프는 가방을 열었다.

"그래, 읽어 봐."

아빠는 침을 닦고 제프에게 머리를 기댔다. 제프가 아빠에게 바짝 붙어 앉았다.

"사랑하는 아버지. 제프가 아버지 뇌졸중 소식을 전해 주었어요. 보고 싶습니다. 특별 휴가를 신청했지만 승인이 나지 않았어요. 불허됐지요. 그러나 아버지가 살아 계신 것만으로도 신께 감사드렸어요. 좋아지고 계신다고 들었어요. 제가 아버지를 많이 그리워하고 있다는 걸 알려 드리고 싶었어요. 사랑해요. 믿어 주세요. 가끔 지옥을 건너야만 천국이 있다는 걸 믿게 되잖아요. 시드니 사업은 듣기만 해도 속상해요. 얼마나 실망이 크시겠어요. 내년에 가석방 대상이 될 거라는 소식이 있어요. 가석방이 되면 가족 곁으로 돌아가고 싶어요. 아버지께서 허락해 주신다면요."

제프가 읽다 말고 아빠를 돌아보았다.

아빠는 제프를 보지 않았다. 아무것도 보지 않았다. 어깨가 떨렸고, 눈에서 눈물이 흘렀다. 제프는 아빠의 무릎 위에 편지를 내려놓았다. 그 순간 병실 천장이 빛으로 가득 차 보였다.

11

빛의 성질 : 간섭 실험[14]에서 빛은 파동으로 반응한다. 연못에서 물결 두 개가 만났을 때처럼 두 개의 파동이 상호 작용을 하여 각각 새로운 형태를 만든다. 다른 실험들에서는 빛은 광자라 부르는 아주 작은 입자가 연속되어 반응을 보인다. 소립자 물리학에서 우리가 빛으로 느끼는 전자기력은 광자 때문이다. 암흑 물질이라 불리는 어떤 물질은 전자기학에 영향을 받지 않는다. 이것은 암흑 물질이 전하가 없고 빛을 내뿜지 않는다는 것을 의미한다.

누나는 학교로 돌아가지 않았다. 누나가 학교로 돌아갈 수 있는지 궁금해하자, 엄마가 교장 선생님에게 전화로 문의를 했다. 교장 선생님은 불가능하다고 단호하게 말했다.

"그 교장 말이야, 마치 입에 유리 대리석이라도 물고 있는 것처럼 말하더라."

엄마가 말했다. 제프가 누나를 보았다. 옛날 같으면 화를 낼 법도 한데 누나는 모든 걸 이해한다는 듯 열심히

14. 간섭 실험 : 영(Young)이 1801년에 빛에 파동의 속성이 있다는 것을 알아낸 실험.

손톱만 다듬었다. 최근 슈퍼마켓에서 물건을 진열하던 일을 하던 누나가 생선 카운터로 자리를 옮긴 것이다. 손톱은 짧고 깨끗해야 했고, 머리카락은 하얀 모자 안에 쑤셔 넣어야 했다. 누나는 학교에 돌아갈 생각이 없었던 것처럼 편안했다.

"온라인 과정을 듣지 뭐."

누나가 엄지를 보며 말했다.

"어떤?"

엄마가 물었다.

"간호사가 되는 데 필요한 어떤 거든."

그것은 지역 건강 센터에서 하는 온라인 과정이었고, 누나는 슈퍼마켓에서 일하며 병행할 수 있었다.

"주제가 끝도 없어."

누나가 제프에게 말했다.

"너무 많은 요인이 있어. 문화, 환경, 수입, 교육, 나이 등. 아동 학대가 뭔지 알지? 그럼 혹시 노인 학대에 대해서도 아니?"

제프는 메이지 할머니를 떠올렸다. 드림 키퍼가 길거리에 낡은 차량을 그대로 받아서 타는 것도 일종의 노인 학대일까? 확신할 수 없었다. 단어로는 설명을 다 할 수 없는 것들이 너무 많다. 어떤 것들은 어쩔 수 없이 이야기가 필요하다.

폴이 놀라운 소식을 전했다. 폴네 개가 간밤에 강아지를 낳았다는 것이다. 세상에, 개는 암컷이었다. 이름도 그냥 '개'였다니. 대단히 독창적인 이름이 아닌가. 개라고 불리는 개는 많지 않을 것이다.

다음 날 제프는 폴의 집에 갔다. 세탁실에 기니피그만 한 강아지 세 마리가 줄무늬 담요가 깔린 바구니에 누워 꿈틀거리고 있었다. 새끼들은 눈도 뜨지 못한 채 개의 앞쪽 젖가슴을 주둥이로 더듬으며 낑낑 앓는 소리를 냈다.

"조심해. 개가 사나워."

폴이 말했다.

그러나 개는 '널 알아' 하는 눈빛으로 제프를 보았고, 제프가 손을 내밀자 반갑게 손가락을 핥았다.

"처음으로 새끼를 낳은 거야. 그래서 세 마리뿐이야."

폴이 설명했다.

베켓 형의 숫자였다.

"아빠가 누군지를 모르겠어. 각자 다르게 생겼지? 검은색 큰 놈이 먼저 태어났어. 그리고 개하고 닮은 저 녀석이 둘째야. 검은색과 흰색 얼룩이가 막내. 어느 녀석이

맘에 들어? 난 큰 놈이 좋아."

제프는 바구니 옆에 웅크리고 앉았다. 다리와 배가 하얗고 등이 검은 막내를 관찰했다. 분홍색 피부가 들여다보일 만큼 털이 짧고 가늘었다. 발톱은 투명한 갈고리 모양이었다. 제프는 넘버 쓰리라고 불렀다.

어미와 가장 닮은 두 번째 강아지가 먹이통에서 기어와 제프의 손가락에 무턱대고 코를 비비며 핥았다. 너무도 부드러운 감촉에 놀라 제프는 웃고 말았다.

"녀석이 널 선택했네."

폴이 말했다. 제프는 손을 뺐다.

"난 개 못 키워."

"그런 뜻은 아니지만, 네가 데려가면 좋겠어. 이 녀석들을 보낼 집을 찾아야 하거든."

물론 제프는 원했다.

"우리는 지금 모텔에 살아."

"곧 이사 갈 거잖아. 얘들도 분양하려면 최소 4개월은 기다려야 해."

"그게 아니고, 부모님 때문이야. 부모님은 동물을 기른 적이 없어. 엄마, 아빠는……."

제프는 입을 다물었다. 말하자면 너무 길고 무거운 문제였다.

제프는 폴의 엄마가 엠파나다 파이[15]를 오븐에서 꺼내 들고 배고픈지 물으러 와 주어 기뻤다.

그들이 로사, 테레사와 함께 부엌 식탁에 앉았을 때 폴의 아빠가 퇴근해서 들어왔다. 안경에 맺힌 빗물을 닦으며 폴의 아빠는 우체국에 있을 때 파이 냄새가 자기를 집으로 불러 서둘러 왔다고 너스레를 떨었다. 폴의 아빠는 젖은 외투를 벗고 자리에 앉았다. 그리고 뜨거운 고기 페이스트리를 먹기 전에 제프에게 물었다.

"그래, 강아지는 봤니?"

제프는 폴네 가족이 자신에게 강아지 한 마리를 주기로 결정했다는 것을 알 수 있었다. 가슴이 괜히 먹먹하니 슬펐다.

"모두 근사했어요."

"부모님이 허락하지 않으실 거래요."

폴이 아빠를 돌아보며 말했다.

폴의 아빠는 놀라거나 실망하지 않았다. 그저 간단히 화제를 바꿨다.

"아버님이 잘 이겨내고 계시더구나. 1~2주면 퇴원하실 거라던데."

제프는 폴의 아빠가 다녀간 것을 알고 있었다. 아빠가

15. 엠파나다 파이 : 우리나라의 고기 군만두와 비슷한 남아메리카의 전통 음식.

폴의 아빠와 골프, 자동차 세차를 잘하는 곳, 멜버른 컵 경마에 대해 이야기를 나눴다고 말해 주었다.

"집에 관한 새로운 소식은 없니?"

폴의 아빠가 물었다.

제프는 음식을 삼키고 오렌지 주스를 마셨다. 폴의 엄마가 만든 남아메리카 음식을 좋아했지만, 그 안에 들어가는 칠리라는 매운 고추 이름이 왠지 차갑게 느껴졌다. 제프는 컵을 내려놓으며 말했다.

"엄마가 셋집 찾는 걸 포기할 것 같아요. 휠체어를 쓸 수 있는 집이 없다고요. 어쩌면 집을 살지도 몰라요."

"좋은 생각이구나. 그 힘든 이사를 두 번이나 할 필요는 없지."

폴의 엄마가 말했다.

"엄마가 리알 베이에서 집을 보셨대요. 낡았지만 땅이 평평해서 아빠를 위해 집을 개조할 수 있대요. 엄마가 아빠에게 사진을 보여 줬더니 '진행해'라고 말씀하셨어요."

제프가 식탁을 둘러보며, 다음 말을 해야 할지 말아야 할지 망설이다가 말했다.

"집에 침실이 네 개 있어요."

모두 말없이 웃었다. 폴네 식구들은 언젠가 베켓 형과 제프네 가족이 함께 살 것이라는 것을 이해한 듯했다. 제프는 계속 먹었다. 우스꽝스러운 이름의 매운 고추조차 맛있었다.

집은 완벽했다. 부동산 중개인은 지은 지 80년 된 집이라 했지만, 제프는 81년이 되었다는 것을 알았다. 아! 8과 1이라니! 햇살을 받아 창틀의 흰 페인트가 다 벗겨진 이 집은 9가 확실했다. 바닷가에서 두 블록 떨어져 있었고, 땅이 넓진 않아도 모래밭에 둘러싸인 집 주변에는 여러 가지 야생초들이 한데 뒤섞여 자라고 있었다. 이웃집 창문과 빨랫줄이 그대로 보이는 낮은 나무 울타리도 있었다.

문이 녹색이고 흰색 페인트로 칠한 차고는 차 한 대와 정원 장비를 보관하기에 충분한 크기였다. 살 만한 집이라고 엄마는 말했다. 문제는 앞문 쪽에 있는 몇 개의 계단이었다. 집 안으로 모래가 들어오는 것을 막기 위해 지반이 약간 높게 지어져 있었다. 경사로가 필요했지만 집주인이 허락해야 에디 아저씨와 프랑수아 아저씨가 공사를 시작할 것이다. 에디 아저씨와 상의해 보니 이틀이면 충분하다고 했다. 경사로는 아빠가 퇴원하기 전까지는 완성되어야 했다.

"좋아요. 주말에는 저도 도울게요."

제프가 에디 아저씨에게 말했다.

제프는 사람들이 서핑하는 리알 베이의 해변과 81년 된 집의 내부가 마음에 들었다. 집 뒤에 장애인용 샤워 시설과 빈방을 하나 더 만들기로 했다. 그러나 거실 벽의 나무 판넬과 니스 칠한 방문들은 진짜 낡았다. 부엌 바닥은 코르크 타일이 깔려 있었고, 침실에는 파란색 카펫이 깔려 있었다. 그리고 각 방의 중앙에는 하얀색 플라스틱 전등갓이 달려 있었다. 집은 햇살과 낡은 나무와 소금 냄새가 났다. 밤마다 밀물이 밀려와 젖기라도 한 것처럼.

제프는 깊은숨을 들이쉬었다. 이야! 제프는 파도타기를 할 수 있을 것이다.

부엌 옆 뒤쪽 침실이 제프의 방이었다. 제프는 방 가운데 서 보았다. 침대는 여기, 책상은 저기, 그래도 공간이 남을 것 같았다. 원한다면 모퉁이에 점박이 눈을 가진 강아지를 위한 바구니를 놓고도 남을 만큼 넓었다. 던져진 막대기를 잡기 위해 해변을 따라 달리는 개를 상상하는 것만으로도 기분이 좋았다. 그런 일이 일어날 수 없다는 것을 알지만 괜찮았다. 문제는 누군가 다른 사람이 먼저 이 집을 산다면 다 소용없는 이야기다.

제프는 옷장 문을 열었다 닫았다. 만약 바구니에 점박

이 눈 강아지를 키우게 된다면 메이지라고 부를 것이다. 그 이름은 숫자 2이다.

재활 병동에서 아빠는 잠옷 대신 운동 셔츠와 바지를 입었다. 많은 시간을 머리 받침대가 있는 안락의자에서 보냈다. 아빠는 혼자 의자에서 일어날 수 있고, 보행 보조기로 세 걸음 정도 뗄 수 있으며, 의자로 돌아갈 수 있었다.

"매 시간마다 연습하고 있어. 어때?"

아빠가 엄마에게 말했다.

"여보, 당신 정말 훌륭해요!"

엄마가 아빠의 이마에 입을 맞췄다.

"죽을 맛이었어. 하지만 당신이 오는 걸 기다리면서 뭐라도 해야 했거든. 이사는 어떻게 되어 가?"

"거의 끝났어요. 에디와 프랑수아가 없었다면 못 해냈을 거예요. 둘이 트럭으로 창고에 있는 물건들을 전부 다 실어 날랐어요."

"다?"

"반도 안 남았어요. 언제 그런 것들을 사들였나 몰라요. 남은 물건들은 어떻게 처분할지 결정할 때까지 당분간 창고에 그대로 둘게요."

아빠는 손수건으로 입을 톡톡 두드리며 닦았다.

"지금은 그런 걱정 마. 내가 집에 돌아가면 팔지 뭐. 쓸데없는 가구 때문에 창고 임대료를 내는 건 낭비야."

아빠는 제프를 돌아봤다.

"우리 수학자 제프리는 요즘 어떠신지? 새집과 병원 사이에 모든 길을 세고 다니는 건 아니겠지?"

제프가 어깨를 으쓱했다. 아빠의 미소는 여전히 좌우 비대칭이었지만 보기에 좋았다.

"아빠 회사에서 멀어요."

"당분간 집에서 일할 거야. 여름이나 돼야 다리가 정상으로 돌아올 거야."

아빠가 한쪽 어깨를 으쓱해 보였다.

"여름엔 골프도 다시 칠 수 있을 거예요."

엄마가 말했다. 모두 그럴 수 없을 거라는 것을 알았다. 잠시 침묵이 흘렀다. 그때 아빠가 팔을 벌려 엄마를 힘차게 안았다.

"지옥에라도 다녀온 것 같아, 여보."

"그래요. 하지만 당신이 기적처럼 회복했잖아요."

"우리 모두가 그랬지."

아빠는 좌우로 엄마의 손을 흔들었다.

“폭풍이 지나고 나타났던 부랑자 여자, 그때가 시작이었어. 무슨 일들이 생긴 거지?”

엄마가 아빠의 머리에 손을 얹었다.

“아니에요. 그건 그전에 시작됐어요. 존스라고 불렀던 스탠턴이란 작자가 시작이었죠. 더러운 돈 잘 먹고 잘살라고 해요.”

제프는 사실 그보다도 더 먼저 시작됐다고 말하고 싶었다. 훨씬 이전에 가족들 모두가 베켓 형을 소외시킨 일로부터 말이다. 메이지 할머니는 그것을 뭐라고 불렀다. 기억을 잃어버린 빛이라고 했던가. 그러나 엄마나 아빠에게 그 말을 할 필요는 없었다.

“세상에는 좋은 사람들도 많아요. 우리를 도와줬던 고마운 분들처럼요.”

“의심할 여지가 없지, 제프리.”

아빠가 웃었다.

“우리, 그분들의 마음을 잊지 말자. 폭풍우도 쓸모가 있어. 잔잔한 바다에서는 좋은 선장이 나올 수 없지.”

제프는 형이 아빠에게 쓴 편지를 떠올렸다. 천국의 진가를 알려면 지옥을 알아야 한다고 썼었다. 그 말과 같은 뜻이라고 생각했다. 이삿짐 박스 어딘가에 메이지 할머니와 나눈 마지막 대화가 적혀 있는 수첩이 있을 것이다.

그들은 오클랜드에 가기로 했다. 제프는 너무 흥분돼 숨조차 제대로 쉴 수 없었다. 기대와 걱정이 뒤섞였다. 이제 곧 형을 만난다. 베켓 형은 어떻게 변했을까? 편지의 느낌은 예전과 다를 바 없었지만 신문에서 본 사진의 모습은 달랐다.

제프는 사소한 것들, 주차장 옆 제라늄의 잎, 토스트 위 구운 콩의 개수 같은 것들을 셌다. 윌슨 선생님 수업은 초 단위로 세고 그래프로 환산했다. 왜 그런지는 알 수 없지만 이렇게 하는 게 도움이 되었다. 수를 세면 숨 쉬는 것이 조금 쉬워졌다.

아빠가 재활 병동을 퇴원하는 때에 맞춰 비행기 예약을 했다. 아직 여행은 무리라고 의사가 걱정했다. 하지만 엄마가 아주 큰 여행사의 선임 직원이어서 아빠가 편안하게 여행할 수 있다는 것을 모르고 한 소리였다.

승무원이 아빠를 휠체어에 태워 비행기 안까지 데려갔다. 앞쪽 통로 좌석이었다. 엄마는 아빠 옆자리였고, 누나는 창가 자리였다. 제프는 통로 건너편에 앉았다. 제프는 승무원이 지나갈 때까지 기다렸다. 그리고 통로 건너로 몸을 기울이고는 아빠에게 말했다.

"보잉 737은 좌석이 133자리예요. 구형 FF(포커 프렌

드십)기는 28석이고요."

"조금 있다가, 제프리."

엄마가 말했다.

제프는 아빠가 눈 감는 것을 보았다. 몹시 지쳐 보였고, 53세는 더 되어 보였다. 뇌졸중 때문이었다. 하지만 점점 좋아질 것이다. 분명 그렇다. 54세가 되어 숫자 9가 되면 완벽하게 회복할 수도 있다. 기대할 만하다.

누나 또한 나이 들어 보였다. 키가 커서 나이보다 성숙해 보였지만 행동은 애 같았었다. 그런데 이제는 내적으로나 외적으로나 성숙했다. 나이에 걸맞게 행동하는 것 같았다.

제프는 누나의 웃음소리와 미친 듯이 노래하던 모습이 그리웠다. 그러나 다음 달이면 18세가 된다. 누나도 숫자 9가 되는 것이고, 좋은 징조다.

제프는 좌석에 기댔다. 베켓 형과 만나 이야기할 것을 생각하니 기다리기가 더 힘들었다. 아마 형에게 메이지 할머니의 이야기를 꺼내기까지 한참이 걸릴 것이다. 베켓 형은 이미 모든 걸 알고 있으므로. 드림 키퍼와 꿈에 관한 기록을 이해할지도 모른다.

오클랜드 하늘을 두껍게 덮고 있던 구름이 부슬비를 뿌려 건물들이 젖었다. 엄마는 택시 승강장까지 휠체어를 밀었고, 안드레아 누나가 우산을 씌워 주었다. 제프는 가방을 옮겼다.

엄마는 장애인용 승강기가 있는 밴을 준비했다. 아빠는 휠체어를 탄 채로 차에 올랐다. 그리고 누나와 제프가 탔다. 엄마는 앞좌석에 탔다.

밴을 몰고 온 운전기사는 울퉁불퉁한 콧방울에 안경을 걸쳐 쓰고 있었다. 운전기사는 교도소 주차장에서 대기하고 있다가 집으로 돌아가는 비행기를 타러 갈 때 공항까지 태워다 주겠다고 말했다.

"가방은 못 들고 들어가요. 경비가 삼엄하거든요. 몸수색은 물론 휠체어까지 확인할 겁니다. 방문증은 있나요?"

운전기사는 엄마를 돌아보며 말했다.

"있어요."

아빠가 말했다.

"남편 약이 가방에 있어서요."

엄마 말에 운전기사가 웃었다.

"다들 그렇게 말해요. 걱정 마세요. 가방은 밴에 두는 게 안전할 거예요. 로리머 씨가 필요한 것만 꺼내세요. 예외가 없어요. 모두 똑같아요."

제프의 심장이 빠르게 뛰었다. 귀로도 느낄 수 있었다.

제프는 영화에서 보았던 교도소 풍경을 떠올렸다. 음식이나 음료수 따위는 볼 수 없는 큰 카페테리아 같은 곳에 드문드문 탁자가 놓여 있고 방문객들이 수감자를 만났다. 제프는 작은 탁자에 모두 앉을 수 있는지, 한 사람씩 들어가 만나야 하는지가 궁금했다. 그런데 예상과는 전혀 달랐다. 얇은 눈썹에 몸집이 큰 여자 교도관이 그들을 가족실로 안내했다. 그곳은 뇌졸중 병동 대기실과 비슷했다. 철제 의자와 작은 탁자 두 개가 있었다. 하나에는 잡지가 놓여 있었고, 낮은 흰색 천장에 밝은 형광등이 있었다. 엄마는 왼손의 반지를 돌리며 서 있었다. 엄마는 밴에 놓고 온 가방을 걱정하고 있는 게 분명했다. 스탠턴 존스 사건 이후 선의를 베푸는 사람을 잘 믿지 못하게 되었다.

"운전기사 이름도 모르는데."

엄마가 말했다.

"잃어버리면 내가 새로 사 줄게."

아빠가 말했다. 엄마는 멋쩍게 웃더니 자리에 앉았다.

"베켓은 어디 있지? 사방에서 소나무 소독약 냄새가 나. 머리 좀 빗어라, 제프리. 헝클어졌어."

"베켓이야."

아빠가 투박한 손을 흔들었다.

"머리카락이 좋아 보이는데, 잘생겼네, 내 아들. 내가 저 나이 때 엄청 볼품없었는데. 지금의 나를 봐."

아빠가 엄마를 보고 싱긋 웃었다.

"어머, 저 잘생긴 얼굴 좀 봐!"

엄마가 아빠 손을 꽉 움켜쥐었다. 제프는 농담에 웃지 않았다. 위 속에서 벌레가 기어 다니는 것만 같았다. 초를 세기 시작했다. 할 수 있는 건 그것뿐이었다. 기다림의 순간은 끝이 났다. 47, 밖에서 소리가 났다. 48, 문이 열렸다. 한 남자가 안으로 들어왔다. 키가 크고 마른 모습의 '윈스턴'이었다. 베켓은 마른풀처럼 짧은 머리에 입가에는 굵은 주름이 있었다. 눈은 제프가 기억하는 그 눈, 그대로였다. 불빛에 비친 눈이 옅은 파란색으로 빛났다. 그들 중 누가 베켓을 맞으러 일어서기 전에 교도관이 들어와 문을 닫았다. 베켓이 아빠와 누나 사이의 의자에 앉았다. 가족들을 바라보는 베켓의 눈동자가 떨렸다.

"다 모였네. 모두 와 줘서 고마워요."

누구도 선뜻 입을 떼지 못했다. 문 앞에 교도관을 세워 놓고 말하기는 쉽지 않았다. 엄마는 손을 비틀었다.

"예전 같지 않네. 너무 말랐어."

"예."

베켓이 머리 숙여 자신을 보았다.

"작년에 이질[16]에 걸렸었어요. 지금은 부엌에서 일하고 있어서 살이 찐 거예요."

베켓은 손을 셔츠 앞쪽으로 내리고 미소 지었다. 여전히 고개를 숙인 채였다.

"다들 변했어요."

"난 나빠졌지."

아빠가 허약해진 팔을 내밀며 말했다. 베켓이 그제야 올려다보고는 아빠의 어깨에 손을 얹었다.

"지금만 이런 거예요. 금방 나아지실 거예요."

베켓이 돌아보았다.

"시간! 너무 빨리 흘러요! 앤디, 넌 아름다운 아가씨가 되었구나! 제프, 내 작은 별종 숫자 씨는 콩나물처럼 쑥 자랐구나. 둘 다 편지 고마워."

베켓은 고개를 돌려 엄마 얼굴을 살폈다.

"엄마는 똑같아요. 나는 엄마의 흰머리가 좋아요. 품위 있어 보여요."

제프는 문 앞에 서 있는 교도관을 힐끗 보았다. 검은 곱슬머리 교도관은 사모아인 같았다. 교도관은 무표정하게 정면을 보고 있었다.

저 교도관은 이렇게 처음 본 사람들처럼 얘기하는 가

16. 이질 : 혈액과 점액, 고름이 섞인 대변을 자주 보게 되는 질병.

족을 본 적이 있을까? 제프는 마른 입술을 핥았다. 이것은 그토록 기다리던 만남이었다. 행복해야 마땅하다.

엄마는 손을 무릎 사이에 끼었다.

"우린 새집으로 이사했어. 우리는……."

아빠가 끼어들었다.

"네 엄마가 그 일을 다 했다. 안드레아와 제프가 돕고!"

아빠는 손수건으로 입술을 닦았다.

"난 재활실에 엉덩이만 깔고 앉아 있었지."

"그랬군요."

베켓이 한쪽 입꼬리만 올리며 웃었다.

"재활실이라면 저도 좀 알아요."

"이건 다른 재활이야. 수영장 안팎에서 운동을 하는 거야. 두 개의 막대에 의지해서 말이지."

아빠가 말했다. 엄마가 아빠를 쿡 찔렀다.

"베켓도 다르다는 거 알아요."

아빠는 입을 닦고 한쪽 어깨를 으쓱해 보였다.

"알았어, 알았어."

모두 웃었다. 제프까지. 제프는 뭘 해야 할지 몰랐다. 웃으면서 심장 박동수를 세었다. 여덟에 한 번 숨을 쉬었다. 엄마가 계속 말했다.

"집에 방이 네 개다. 그중 하나는 네 방이야, 베켓."

제프는 숨이 멎는 줄 알았다. 베켓의 얼굴에서 미소가 사라지고 투명한 푸른 눈동자가 커졌다.

"정말요?"

베켓은 속삭이듯 물었다.

"물어보나 마나지."

아빠가 베켓의 어깨를 툭 치며 말했다.

"엿 같은 한 해였어."

누나가 재빨리 교도관을 쳐다보았다.

"아빠, 그런 말 쓰지 말아요."

"엿 같다는 게 뭐. 쓰면 쓰는 거지. 정말이지 개똥밭에 굴렀어. 대신 가족을 되찾았잖아, 그렇지? 함께하지 않으면 가족이 무슨 소용 있어?"

아빠는 맞은편에 앉은 제프를 가리켰다.

"저 녀석은 말이다. 믿을 수 없을 정도로 훌륭한 놈이다. 너희들이 더 잘 알겠지만. 우리 가족의 접착제지."

제프는 깊이 숨을 들이쉬었는데 가슴이 터질 것 같았다. 베켓 형을 만나면 하고 싶었던 말이 한마디도 떠오르지 않았다.

"제프가 없었더라면 우린 어떻게 됐을지 몰라."

아빠가 베켓 형에게 말했다.

"그래서 상상도 못 했던 일을 하기로 했어, 제프를 위해. 강아지를 기르기로 했다."

뭐라고? 제프가 잠시 똑바로 자세를 고쳐 앉았다. 말도 안 된다! 강아지를 기르겠다니!

상상도 못 했던 일이다! 벼룩, 포충, 광견병, 더러운 잡종 개! 개에 대한 아빠의 반응은 늘 이런 식 아니었던가?

"어머, 여보! 제프의 생일을 위한 것이었잖아요!"

엄마가 외쳤다. 사실 아빠는 그런 약속쯤은 언제든지 깰 수도 있는 사람이다.

"폴의 아빠가 강아지 한 마리를 주기로 했다. 네가 좋아하는 강아지로!"

아빠가 제프에게 말했다. 교도관이 있다는 것도 잊고 제프가 의자에서 용수철처럼 벌떡 일어났다. 방 저편까지 세 발자국쯤 껑충 뛰어서 멈췄다. 사실일까? 장난일 거야. 제프는 부모님 앞에 섰다.

"개를 싫어하시잖아요!"

그들이 웃었다. 폭발하듯 행복하게! 웃음소리가 커졌다 작아졌다. 웃음이 대답이었다. 제프는 어떤 농담도 하지 못했지만 웃음을 멈출 수가 없었다. 빛의 파동처럼 그들 모두 엄마, 아빠, 형, 누나, 제프까지 웃었다. 그랬다. 제프도 분명 웃었다. 그들 모두 웃느라 정신이 없었다.

사실이었다. 이들의 웃음이 승낙을 의미했다. 모든 것이 진실이었다. 웃으면서 나머지 일이 일어났다. 처음에 베켓 형이 의자에서 일어나 제프를 교도소 셔츠에 감싸 안고 빙글빙글 돌았다. 돌고 돌았다. 누나도 제프에게 입을 맞췄고, 베켓 형도 입맞춤을 퍼부으며 눈물을 흘렸다. 엄마는 가운데에서 그들 모두에게 안겨 웃었다. 립스틱은 얼룩지고 머리는 헝클어졌다.

네 식구는 아빠의 휠체어에 기대어 그를 얼싸안고 입맞춤을 퍼부으며 울고 웃으며 환호했다. 그들은 빛 속에 있었다. 모든 것이 빠르게 스쳐 갔다. 그간 일어난 모든 힘든 일이 갑자기 엄청난 장난처럼 느껴졌다. 가족을 한 덩어리로 만든 장난 말이다. 셀 수 있는 숫자가 없더라도, 제프는 그 순간이 더없이 완벽하다는 걸 알았다.

옮긴이의 말

이 책을 손에 쥔 순간 번역에 앞서 읽는 재미에 푹 빠져 버렸다. 한 장씩 읽을 때마다 다음이 매우 궁금했다.

세상에 믿을 거라곤 숫자밖에 없다는 주인공 제프.
숫자를 사랑하는 아이답게 인체의 뼈는 물론 집에서 버스 정류장까지 몇 걸음이 되는지 세고…… 온통 숫자를 통해 세상을 바라본다.

제프의 형 베켓은 마약을 운반한 죄로 교도소에 갇혀 있다. 그런 형을 아빠는 더는 가족이 아니라는 사실을 강조하면서 '형은 죽었다'고 치부해 버린다.

폭풍우가 무섭게 치던 어느 날, 정원 유칼립투스 나무 밑에서 발견된 거의 죽음에 이른 할머니의 존재가 제프를 붙잡고 놓아 주지 않는다. 할머니는 제프의 가족에 대해 예언한다.

> "네 아빠는 모래 늪에 빠져 있고, 네 엄마는 절벽 끝에 서 있고, 누나 안드레아는 학교를 그만둘 거다."

이 작품은 사이가 틀어진 가족의 실상을 적나라하게 보여주면서, 그 가족이 어떻게 화해해 나가는지를 심도 있게 보여주고 있다.

> "인생이라는 꿈은 출생이라는 잠과, 죽음이라는 깨어남 사이에 있단다. 더 큰 실체는 널 둘러싸고 있는 지금의 모든 것들이지. 하지만 무뎌진 감각 때문에 다 느낄 수가 없는 거야."

내 관심을 끌었던 이 문장을 읽고 또 읽으며 인생을, 나를 둘러싸고 있는 실체를 느끼려고 애를 썼다.

좋은 작품을 만나는 건 행운이다. 이 작품을 만나는 독자도 나와 같은 행운을 잡았다고 믿어 의심치 않는다.

—공병희

드림키퍼

초판 발행 2020년 6월 25일 | **초판 2쇄 발행** 2021년 6월 20일

글 조이 카울리 | **옮김** 공병희
펴낸곳 계수나무 | **펴낸이** 위정현 | **출판등록** 2001.1.9 제10-2091호
주소 10881 경기도 파주시 회동길 483(문발동 635-2)
전화 편집부(031)948-6288 영업부(031)948-8765, (070)4243-6504 **팩스** (031)948-6621
홈페이지 www.gesunamu.co.kr | **이메일** gesunamu21@hanmail.net
블로그 blog.naver.com/gesunamu21
페이스북 facebook.com/gesunamu | **인스타그램** instagram.com/gesunamu21

ISBN 979-11-87914-34-1

The Speed of Light

Title of the original edition : Speed of Light

「이 도서의 국립중앙도서관 출판예정도서목록(CIP)은 서지정보유통지원시스템 홈페이지(http://seoji.nl.go.kr)와 국가자료공동목록시스템(http://www.nl.go.kr/kolisnet)에서 이용하실 수 있습니다.(CIP제어번호: CIP2020019685)」